二見文庫

人妻　背徳のシャワー

雨宮　慶

目次

想定外の人妻　5
童貞の誘惑　49
罪な欲情　89
淑女の裏顔　129
熟女願望　169
視線の悦楽　209
熟れた天使　247

想定外の人妻

1

　澄み渡った秋空の下、爽やかな陽差しが都心の街並みをつつんでいる。

　高層オフィスビル三十五階にある社長室の外にひろがるその穏やかな景色とは反対に、堀田正毅《ほったせいき》の胸中はざわめいていた。

「突然に電話なんかしてごめんなさい。わたし、末広紗矢香《すえひろさやか》です、高校で同級生だった……」

　一時間あまり前にかかってきた電話の、紗矢香の不安そうな声が耳によみがえってきた。

堀田は驚きのあまり、とっさに言葉が出なかった。すると紗矢香は自嘲するような口調でいった。

「忘れちゃった？……そうよね、堀田くんて、わたしなんかから見たら別世界にいる人ですもの、覚えてるわけないわよね」

「よく覚えてるよ、末広さんのことは」

堀田はいった。気負いのせいでぶっきらぼうな口調になった。

「ほんとに？」

紗矢香の声は弾んでいた。

「ああ。大恥をかいた相手だからね」

「え？……それって、ラブレターのこと？」

「ああ」

「ごめんなさい。そのときのこと、わたしよく覚えてないの。堀田くんからラブレターもらった記憶はあるんだけど、それだけで……だから、堀田くんにどう思われてるか心配だったの」

紗矢香は言葉どおり申し訳なさそうに、そして不安そうにいった。

「俺に恨まれてるとか？」

「え⁉ わたし、恨まれてるの?」

「かりにもしそうだったとしても、そんなこと、きみにとってはどうだっていいことなんじゃないか。きみの噂、何年か前に俺の耳にも入ってきたんだけど、結婚して吉川《よしかわ》って姓にかわって、病院の院長夫人なんだろ?」

「そんな……うちは病院なんかじゃなくて、内科と小児科だけの医院だし、院長夫人だなんて……誰かが勝手に大袈裟にいったのよ」

「でもうまくいってるんだろ?」

「え?……」

紗矢香の声になにかうろたえたような感じがあった。一瞬怪訝《けげん》に思った堀田だが、すぐにいい足した。

「ご主人とだよ」

「ええ、まァ……それより堀田くん、まだ独身でしょ。どうして?」

話の矛先をそらすように紗矢香が訊いてきた。

「昔もいまも相変わらずモテないからだよ」

堀田は苦笑いしていった。

「冗談でしょ。いまの堀田くんなら、黙ってても女性のほうが放っておかないはずだわ」

紗矢香は真面目な口調でいった。

堀田のことは、驚異的な成長を遂げたIT関連会社の社長としてやたらとマスコミに取り上げられているので、それで知ったか、それこそ同級生たちの噂話で知ったのかもしれない。

「じゃあ訊くけど、末広さんも──あ、そうか、吉川なんだ、でも吉川さんて、なんかピンとこないな」

「紗矢香でいいわ」

「じゃあ紗矢香さんでも放っておかない？」

「え!?……」

紗矢香は絶句した。

「冗談、それこそ冗談だよ」

堀田は笑っていうと、途中から気になっていたことを訊いた。

「ところで紗矢香さんがわざわざ電話くれたってことは、なにか特別な用件があるんじゃないの？」

一呼吸置いて紗矢香はいった。

「じつは、堀田くんにお願いがあるの。会って話を聞いていただけるとありがたいんだけど……それも急を要することなので、できるだけ早く……」

深刻な感じの、切羽詰まっているような口ぶりだった。

そこで堀田は、一時間半後に社長室で紗矢香と会うことにした。

そのあとでこの日の予定や約束はすべて取り止めたりキャンセルしたりした。

そこまでして紗矢香の頼みを聞き入れたのは、その口ぶりが気になったこともあるが、それ以上になにはさて置いても会ってみたいという思いが強かったからだった。

そんな気持ちになったことに堀田自身、驚いた。紗矢香のことは堀田の胸の中から抹消していたはずだったからだ。

それなのに声を聞いているうちに会ってみたいという思いが募ってきたのは、年月を経たせいかもしれなかった。

紗矢香と会うのは、高校卒業以来だから十五年ぶりということになる。二人が在籍したのは地方の名門の高校だった。

高校に入ってほどなく、堀田は紗矢香を見たとたんに恋に落ちた。まさに一目惚れだった。そして、そのときから寝ても覚めても紗矢香のことが頭から離れなくなってしまった。

二人とも成績は優秀だった。ただ、堀田のほうは当初、紗矢香に夢中になっているうちに成績がどんどん下がってしまい、そこでやっと、これでは紗矢香にバカにされて相手にされない――そう思って奮起し挽回したという経緯があった。

ところが堀田にとっては、紗矢香は文字どおり高嶺の花だった。

その頃の堀田はいわゆるネクラなタイプで、成績はよくても地味な存在。それに引き換え紗矢香は成績が優秀なうえに美人ときていて、男子生徒たちの憧れの的だった。

そんな華やかな存在の紗矢香を、堀田としては彼女への熱い思いを胸に秘めて、ただ眺めているしかなかった。

唯一の救いは、紗矢香には親しく付き合っている男がいないらしいということだった。彼女は自分をちやほやする男子生徒たちを見下しているようなところがあった。

もっともその唯一の救いが、逆に堀田を屈辱にまみれさせることになるのだが……。

高校三年になったばかりのことだった。

堀田は思い切った行動に出た。生まれて初めてのラブレターを書いて、紗矢香に手渡したのだ。

それから十六年ちかくになるいま、その内容はもう忘れてしまったが、そのとき紗矢香にいったことと堀田自身のようすだけはいまでも覚えている。

「ここに書いたのは、ぼくの気持ちなんだ。読むだけでもいいから読んで……」

心臓がバクバクして紗矢香の顔を見ることもできず、裏返った声でそういうなりその場から逃げるように立ち去ったのだ。

問題はそのあとだった。堀田が紗矢香にラブレターを渡したことが生徒たちの間に知れ渡って、堀田はみんなの笑い物になったのだ。

「おまえ、なに考えてんだよ。末広がネクラなおまえなんか相手にすると思ってんのかよ」

などと、身の程知らずを嘲笑されたり、

「むっつりスケベの堀田性器」

と、正毅という名前をもじってトイレに落書きされたりした。おまけにそれ以後、「むっつり性器」という綽名までつけられたのだ。

ラブレターを渡したあと、紗矢香からの反応はなにもなかった。まるで何事もなかったかのようだった。

堀田は紗矢香を恨んだ。だが彼女に恨みをぶつけることはできなかった。できないぶん勉強に打ち込んだ。

紗矢香もみんなも、いつか見返してやる！　そんな執念が実って、見事東大に合格した。紗矢香も東京の名門女子大に合格したが、そんなことは堀田にとってもう関係なかった。

大学に入ってからの堀田は、みるみる変わった。堀田自身、地方から上京して人間関係や環境が変わったのを機に、自分も変わるんだという強い意思があったからだった。

さらにパソコンが堀田のすべてを大きく変えた。大学三年のとき友人数人とコンピュータ・ソフトをつくる会社を立ち上げたのが、そのきっかけになった。

それから徐々に仕事の分野を拡げていって、多少の紆余曲折はあったものの十余年後、IT関連企業としては国内トップクラスの会社を率いるまでになり、かつて「堀田性器」と揶揄されたネクラな堀田は、いまやIT界の寵児としてもてはやされている。

その間、堀田は末広紗矢香のことを一度だけ思い出したことがあった。それも暗い高校時代にあって唯一の友人だった男から彼女のことを聞かされて、思い出させられたのだった。

そのときの友人の話では、紗矢香が結婚して姓がかわったことや院長夫人に収まっているということのほかに、男の子が一人いるということだった。

紗矢香に子供がいると聞いて、堀田は一瞬そのイメージがわかなくて面食らった。だが考えてみれば不思議はなかった。紗矢香も堀田も、もう三十歳の大台に乗っていて、堀田が独身だからイメージがわかなかっただけのことだった。

それから三年ほどになる。

三十三の人妻か……どんな女になってるか……それに、人妻が俺にどんなお願いがあるというんだ……。

堀田が胸の中でそうつぶやいたとき、社長室の扉をノックする音が響いた。

2

堀田はいささか興奮していた。十五年ぶりに再会した紗矢香が、想った以上に艶かしい女になっていたからだった。

もっとも、想った以上に――というのは、紗矢香のことをいやな思い出とともに胸の中から抹消していたせいであって、もともと美形で、いまや三十三歳の人妻になっていることを思えば、その艶かしさは意外なことではなかった。

紗矢香のほうは緊張して、それに気後れもしているようだった。いまや大手IT関連会社の社長になっている堀田と、いかにも最先端企業のそれらしいモダンでハイセンスな雰囲気の広々とした社長室で会っていることで――。

「いやだわ、そんなに見ないで」

コーヒーを出した秘書が社長室から出ていくと、それを待っていたように紗矢香がはにかんだような笑みを浮かべていった。

「いやァ、つい見とれちゃってたんだよ。もともと美人だけど、こんなに色っぽくなるのは年齢なのか、それとも人妻だからなのかって」

堀田は笑いながらいって、手で『どうぞ』とコーヒーをすすめた。

「堀田くんて、高校生の頃に比べたら、すごく変わったでしょ」

紗矢香が戸惑ったような表情でいう。

「ああ。あの頃は痩せてたけど、いまはこのとおりメタボの見本みたいなものだよ」

堀田は真顔でいって、美食と運動不足がたたって出てきた腹を両手で撫でた。

紗矢香が苦笑して、

「やだ……外見じゃなくて、人間性とか内面的なことなんだけど、あ、でも昔はそんな人を煙にまくみたいなことというタイプじゃなかったから、そういうとこも変わったってことかしら」

そうだな、きみにラブレター渡すときも顔を見られなかったほどウブだったから——ふとそういってラブレターの一件を問い質《ただ》そうかどうしようか、堀田が一瞬迷っていると、

「でも変わって当然よね。じゃなきゃ、こんなすごい会社の社長さんなんかになれないものね」

紗矢香がつぶやくようにいいながら社長室を見回した。

堀田はラブレターのことを話すのはやめて訊いた。

「ところで、お願いってなに？　急を要することなんだって？」

紗矢香はとたんに硬い表情になってうつむいた。

「こんなこと、堀田くんにお願いできることじゃないし、しちゃいけないことは充分わかってるんだけど……」

苦しそうな口調でいう。

「それでわたし、なんども思い直していたんだけど、でも、ほかにどうすることもできなくて……じつは、主人がやってる医院、経営に行き詰まってて、資金繰りに困ってるの。それで、堀田くんに、お金を借りられないかと思って……いいえ、そんな悠長なことはいってられないの。早くなんとかしないと、堀田くんに助けてもらわないと、医院は人手に渡ってしまうの。お願い、助けて」

最後は顔を上げて懇願する。

そのすがるような表情に、堀田はゾクッとした。思わずセックスのさなかの表情を連想したからだった。

堀田は黙ってコーヒーを手にした。紗矢香のすがるような視線を感じながら、ゆっくりとコーヒーを飲む……。

紗矢香の胸中がわかって、強烈な優越感が込み上げてきていた。

彼女はいま、祈るような思いで俺のいい返事を待ち構えているはずだ。昔、彼女にラブレターを手渡したあとの俺と同じように……。

紗矢香のお願いは金のことではないかと、堀田も想わないわけではなかった。

数十億円の個人資産を有する堀田にとって、借金の頼みは珍しくない。相手が友人知人にかかわらず、いままではそんな頼みはことごとく断ってきた。

「このこと、ご主人は知ってるの？」

コーヒーカップをソーサーの上にもどしながら、堀田は上目遣いに紗矢香を見て訊いた。

紗矢香はかぶりを振った。

「内緒か。で、いくら必要なの？」

「大金なの……三千万……」

紗矢香は不安そうな表情でいった。

「三千万、か」

堀田はつぶやいた。堀田にとっては端金《はしたがね》だが、まだ紗矢香の頼みに応じるかどうか決めかねていた。

「お願い、助けて」

紗矢香が切迫した表情と口調でまた懇願した。そしてうつむくと、

「助けてもらったら、わたし、なんでもするわ」

思いがけないことをいった。思い詰めたような表情の顔を赤らめて。

堀田は唖然とした。

「なんでもって、借金のために軀を張るってこと？」

訊くと、紗矢香は小さくうなずいた。

「驚いたな、きみがそんなことをするなんて」

うつむいている紗矢香の顔に、恥辱を噛み殺しているような表情が浮かんだ。

それを見て堀田は決めた。

「いいよ、三千万貸してあげるよ」

紗矢香が弾かれたように顔をあげた。

「本当に!?」

「ああ……そのかわり、なんでもしてもらうよ」

堀田はにやりと笑っていった。紗矢香の輝いていた顔がとたんに曇って、またうつむいた。

まるで時代劇の悪代官みたいだな、と内心自嘲しながら、堀田は念押しした。

「それでもいいんだね？」

紗矢香はぽっと顔を赤らめて、かすかにうなずいた。

それを見て、堀田は股間がうずいた。と同時に、相変わらずプロポーションがよくて、しかもスーツ姿にも三十女の色っぽさが滲み出ている紗矢香の軀が、それまでになく、そしてたまらなく生々しく見えてきた。

3

堀田は紗矢香とホテルのスイートルームにいた。社長室を出てから三十分も経っていなかった。

そこは堀田が情事を愉しむためによく利用している部屋だった。

この部屋に何人もの女たちを連れ込んだ。それも女子大生、ＯＬ、テレビ局の女子アナ、タレントや女優、それに銀座のホステスなどいろいろな種類の女たちを。そのなかには人妻もいた。

ところが紗矢香と部屋に入った直後から、堀田は戸惑っていた。いつものように振る舞えなくなってしまったからだった。

理由はわかっていた。社長室ではまったくそんなことはなかったというのに、ホテルのスイートルームに入ったとたんに紗矢香と二人きりになったという意識が強まり、すると一気にタイムスリップしたように、気持ちが高校時代に紗矢香のことを思っていたそれにもどってしまったのだ。

想ってもみなかったことだった。なぜこんなことになったのか、硬い表情で椅子に座っている紗矢香を見ながら考えているうちに、堀田はうろたえた。紗矢香に会ってみたくなったのは、長い年月を経たせいだけではないことに気づいたからだった。

あのとき紗矢香を恨んだことは事実だが、恨んで嫌いになったかというと、はっきりそうだとはいいきれなかった。というより、嫌いになろうとしたがなりきれなかったといったほうがいい。

そのために胸の底に、紗矢香が好きだという気持ちが存在しつづけていた。それも高校時代の気持ちがそのまま凍結されたような状態で。

ところが十五年ぶりの再会で、それもホテルの部屋に入って二人きりになったとたんにそれが氷解して出てきたのだ。

「シャワー、どうする？」

堀田は訊いた。紗矢香は小さくかぶりを振って、

「出かける前に、浴びたから……」

つぶやくようにいった。話の成り行きしだいではこうなることを覚悟していたらしい。

「なにか飲む？　ビールでも」

紗矢香はまたかぶりを振った。

堀田自身、アルコールの助けを借りたいような心境だったたし、緊張しきっている紗矢香にしてもそのほうがいいだろうと思ったのだが、あっさりと断られた。

堀田は苛立ってきた。ふがいない自分自身と、さっきから見ていると早く事をすませてこの場から解放されたがっているように感じられる紗矢香のようすの両方に。

紗矢香の前にいって、抱えて立ち上がらせた。

うつむいている彼女の顎に手をかけて顔を上向かせた。濡れ光った朱赤のルージュを引いた蠱惑的な唇がかすかに喘ぎ、視線をそむけたその顔におぞましそうな表情が浮かんでいる。

いやがっている。いやいや俺に抱かれようとしているのだ。

そう思ったとたん、堀田の気持ちはいつも女に接するときのそれにもどった。

キスにいくと同時に抱きしめた。小さく呻《うめ》いた紗矢香が唇を引き締め、堀田の舌の侵入を拒んだ。

唇を合わせるだけのキスならいいが、舌をからめ合う濃厚なキスはいやだということらしい。

堀田は唇を離した。

「あのラブレターのことだけどさ。どうしてみんなにいいふらしたんだ？」

耳元でいうなりタイトスカートの中に手を入れ、太腿を撫で上げていく。

「そんな……わたし、そんなことしてないわ」

紗矢香が身をくねらせながら、驚いたような口調でいう。

「でもあのことは、俺ときみしか知らないはずだ。なのにどうしてみんな知ってたんだ？　俺がいうわけはないから、きみしかないじゃないか。おかげで俺はみんなからさんざん笑い者にされたんだぜ。きみだって知ってるだろ？」

「そんな、知らないわ……それに、いいふらしたの、わたしじゃないわ……本当よ……もしかしたら、わたしの友達の誰かかも……」

ショーツのラインが感じ取れるパンスト越しに、むっちりとしたヒップを撫でまわしている堀田の手に、紗矢香がうろたえたように腰を振りながらいう。

「友達のせいにするなんて卑怯だぞ。第一なんで友達なんだよ」

堀田はヒップの側から股間に手を差し入れた。ギュッと、紗矢香の太腿がその手を締めつけた。

「わたしがもらったラブレター、友達と一緒に見てたの。堀田くんのだけじゃなくて、ほかの人からのも」

紗矢香がうわずった声でいう。

——ということは、紗矢香にラブレターを出した男は堀田以外にもいたが、堀田一人が笑い者にされたということになる。

堀田の胸に苦々しい思いが込み上げてきた。それこそ当時の堀田が同級生たちの間でどういう存在だったかを象徴しているようなことだった。

さっきから堀田の手にエロティックな感触があった。下着越しに感じられる、ふっくらと盛り上がった柔肉だ。指先でそこをまさぐった。

「あッ……いやッ……」

紗矢香が腰をくねらせて堀田を押しやろうとする。

堀田は椅子に腰を下ろすとその前に紗矢香を立たせた。そして、いった。

「そのまま脱いで。紗矢香が脱ぐところから裸になるまでを見たいんだ」

「そんな……」

紗矢香がうろたえたようすでうつむいた。

「なんでもするんだろ?」

「でも、こんなの、いや」

「なんでもするなんて大見得を切っておいて、こんなのもあんなのもないだろう。でも三千万の話がなかったことになってもいいんだったら、俺はやめてもかまわないんだよ」

「待って！」

紗矢香が弾かれたように顔を上げた。あわてたようすですぐまたうつむくと、その顔に強い屈辱感のようなものを滲ませて、おずおずとスーツの上着に手をかけた。

堀田は黙って見ていた。

紗矢香も黙って脱いでいく。

堀田の脳裏に、ロングヘアでセーラー服を着た高校時代の紗矢香の清純な姿が浮かんできた。その胸の膨らみやスカートの中を想像して、何度マスターベーションにふけったことか。

いまの紗矢香は、かるくウェーブがかかったセミロングの髪で、全身から熟れた女の色気を匂いたたせている。

その下着姿を目の前にしたとき、充血してきていたペニスがうずいて、たちまち勃起した。

「両手を脇に下ろせ」

堀田は命じた。うつむいて胸と下腹部を手で隠している紗矢香が、黙って従った。

紗矢香は黒い下着をつけていた。金のためにいやいや堀田に抱かれる——その思いが黒い色の下着を選ばせたのかもしれない。もしそうだとしたら、むしろそれで堀田の欲情を煽る、皮肉な結果を招いてしまったことになった。

バラの花の刺繍が入った黒いブラとショーツをつけた、色っぽく熟れたぬめ白い裸身は息を呑むほど艶かしい。ブラから形のよさそうな乳房の膨らみが覗き、ショーツ越しにヘアの翳りがかすかに見えている。

「ブラを取って」

堀田はまた命じた。紗矢香が顔を上げた。訴えるような表情でなにかいいかけたがすぐに無駄だと思ったのか、俯くと両手を背中に回した。ブラを外す。

むき出しになった乳房は、きれいな紡錘形を描いている。といってもきれいなだけではない。木の切り株のような形状をして突き出ている赤褐色の乳首に、いかにも三十三歳の一児の母親らしさと生々しさがある。

堀田は紗矢香の手をつかんで引き寄せ、彼女の脚の間に膝をこじ入れた。

いや、と紗矢香は小声を洩らした。が、されるがままになった。

「このまま、じっとしてろ」

命じておいて、堀田は指先を乳首に這わせた。くすぐるように撫で回す。

「あッ……だめッ……」

紗矢香が悩ましい表情でふるえ声を洩らす。

乳首を嬲りながら、堀田は股間にも指を這わせた。ショーツ越しに、ふっくらと盛り上がった肉を分けているクレバスに指を食い込ませ、こすった。

「い、いやッ……だめッ……」

紗矢香がふるえ声でいって拒もうとする。だがすぐにやめて、片方の手で堀田の肩につかまり、一方の手を口に持っていった。声を殺そうとしているらしい。

「好きでもない俺が相手だから、キスはしたくない、感じないようにしよう。そう思ってるのか?」

嬲りながら訊いた堀田に、紗矢香は答えない。喘ぐような表情で手の甲を口に押し当て、腰をもじつかせている。

「ま、それならそれでもいい。いつまでもつか愉しみだ。だけど、それにしては乳首はもうビンビンに勃ってるし、こっちのほうも湿ってきてる感じだ。どうしてなんだ?」

堀田がいうのを振り払おうとするように、紗矢香が悩乱の表情を浮かべてかぶりを振る。

堀田はいきなりショーツ越しに膨らみをわしづかんだ。紗矢香が喘ぎ声を放ってのけぞった。

4

ベッドに仰向けに寝た紗矢香は、硬い表情の顔をそむけて胸の上で両腕を交差させ、片方の脚をよじっている。

その艶かしい姿を見ながら堀田は手早く裸になって、ベッドに上がった。ペニスはさっきから勃起していた。

「男はこれが一番愉しみなんだ。初めてエッチする女のパンツを脱がすときが……」

いいながら紗矢香のショーツを脱がしていく。

そんな言われ方をしたからか、紗矢香が当惑したような表情を見せて両手で下腹部を隠した。

堀田は脱がしたショーツをひろげてクロッチの部分を触ってみた。

「濡れてる。このパンツ、三千万の借用書と一緒に記念にもらっとこうかな」

「いやッ」

堀田の冗談を本気にしたのか、紗矢香はうろたえている。

「さあ、紗矢香のアソコを拝ませてもらおうか」

堀田は紗矢香の両脚をつかんだ。開いていく。紗矢香が脚を閉じようとした。が、すぐに力を抜き、されるがままになった。

脚が九十度ちかくまで開いた。紗矢香はそむけた顔に羞恥と狼狽が入り交じったような表情を浮かべている。

脚の間に腰を入れて、堀田は命じた。

「手をどけろ」

紗矢香はかぶりを振った。顔を赤らめている。

「なんでもするっていったことをときどき忘れるみたいだな」

堀田が笑っていうと、

「いや……」

小声でいって両手を股間から離して顔を覆った。

堀田は紗矢香の秘苑を覗き込んだ。

「オ～ッ、これが俺が昔想像してマスかいてた、紗矢香のオ××コか」

「いやッ、やめてッ」

歓声をあげてわざと露骨な言い方をした堀田に、紗矢香が顔を覆ったまま腰を揺すって恥ずかしくていたたまれなさそうな声をあげた。

堀田の目の前にあからさまになっている秘苑は、毛足が長めの、ふさふさした感じの陰毛がほぼ逆三角形状に生えて、その下に灰色がかった褐色の、やや皺ばんだ肉びらが合わさっている。そして肉びらの両側にもわずかだが陰毛が生えている。

見た目、淫猥な感じの秘苑だ。美形の紗矢香だからよけいにそう感じるのかもしれないが、淫猥な感じが堀田を失望させたわけではない。逆に堀田の欲情を煽った。

「それにしても紗矢香のオ××コがこんなにいやらしいとは想わなかったな。顔と同じようにきれいなもんだと想ってたよ」

「いやッ、やめてッ」

紗矢香が悲痛な声でいった。

「といってもきれいなオ××コがいいわけじゃない。それよりいやらしいオ××コのほうが男は興奮して欲情するもんだ。とくに俺の場合はね。まして美人の紗矢香がこんないやらしいオ××コをしていたと思ったら、たまらないよ」

「やめてッ、いわないでッ」

持論を展開する堀田に、紗矢香が身をくねらせて懇願する。

「どれ、もっとよく見せてもらうよ」

いうなり堀田は両手で肉びらを分けた。ぱっくりと肉びらが開いて濡れたピンク色の粘膜が露出すると同時に、紗矢香が軀をひくつかせてのけぞった。

「おお、濡れやすいのか。グッショリだ」

「いやッ」

紗矢香がうわずった声でいって腰をもじつかせる。

堀田は肉びらを分けたまま、押し上げた。クレバスの上端がめくれてクリトリスがむき出しになった。そこに口をつけた。ヒクッと紗矢香の腰が跳ねた。

クリトリスを舌でこね回す。紗矢香がきれぎれに短い喘ぎ声を洩らす。

　これまで感じないようにしようとしていたかのような紗矢香をよがりまくらせてやろうと、堀田は攻めたてた。舌を躍らせながら上目遣いに見ると、紗矢香は両手を顔から離していた。悩ましい表情を浮かべて繰り返しのけぞっている。必死に声を殺しているようだが、それでもこらえきれない感じの喘ぎとも呻きともつかない声をきれぎれに洩らしながら。

　紗矢香の声がしだいに艶めいてきた。感じていないはずはなかった。クリトリスはもう膨れあがっていた。

　堀田の顎が密着している膣口のあたりがピクピク痙攣しはじめた。

「ウウーン、アアッ──！」

　紗矢香が感じ入ったような声を放って軀を反り返らせた。

　堀田は止めを刺すべく、激しくクリトリスを弾いた。

　紗矢香が感泣しながら腰を振りたてる。

　イッたはずだった。だが濃厚なキスをいやがったように、「イク」という言葉を口にしないようにしようと思っているのか、紗矢香の口からそれは聞けなかった。

　堀田はさらにクリトリスを舌で攻めたてた。

「いやッ、だめッ、もうだめッ」

紗矢香が息せききって怯えたようにいいながら堀田を押しやる。

「イッたんだろ？」

堀田が顔を覗き込んで訊くと、興奮の色が浮きたっているその顔をそむけて、しぶしぶといった感じでうなずく。

「だったら、どうして『イク』っていわない？　そんなことは絶対にいわないと決めてるのか」

紗矢香は黙っている。

「それもダンナのことを思ってか」

図星らしい。紗矢香の表情にうろたえた感じが見て取れた。

「じゃあダンナにするときを思い出しながら、俺のをしゃぶってもらおうか」

堀田は厭味をいって紗矢香を起こすとその前に立って、勃起しているペニスを突きつけた。

紗矢香がおぞましそうな表情を見せながらペニスに両手を添え、口を近づけてくる。亀頭に唇が触れると眼をつむって、舌をからめてきた。

意外だった。これまでの紗矢香のようすからして、フェラチオも形ばかりにしてすませようとするのではないか、そのときはあれこれ注文をつけて刺戟的でいやらしいフェラチオをさせてやろう。堀田はそう思っていたのだが、紗矢香のそれは手抜きではなかった。

ねっとりと亀頭に舌をからめたあと、ペニスを全体を舐め回したり、くわえてしごいたりを繰り返している。しかも手で陰のうをくすぐるように撫でながら。

ところが紗矢香のフェラチオに期待していたのとはちがうものを、堀田は感じた。それはかつて女に不自由していたときよく世話になった風俗嬢たちにしばしば感じたのと同じ——やるべきことはやっているがすべてに機械的——ということだった。

ただ、ペニスを舐め回したり、くわえてしごいたりしている紗矢香の顔には、はっきりと興奮の色が浮きたっていた。

それを見下ろしながら堀田は思った。感じないようにしようと思ったって、気持ちと軀はべつ……彼女自身それがわかってるから、よけいに早く俺をその気にさせて終わらせたいってことか。それも好きでもない俺が相手で、ダンナのことを思って……。それにダンナにはいつもこういう濃厚なフェラをしてるのではないか。

そのとき堀田の胸に初めて、嫉妬と一緒にはっきりとした形でサディスティックな欲情が込み上げてきた。

5

堀田は紗矢香を押し倒すと脚の間に腰を入れた。ペニスを手に、亀頭で肉びらの間をまさぐった。

「あッ……やッ……んッ……」

紗矢香が悩ましい表情でかぶりを振ったり腰をくねらせたりしながら、喘ぎとも呻きともつかない短い声を洩らす。

ヌルヌルしたクレバスを亀頭でこすって、クチュ、クチュと卑猥な音を響かせながら、堀田は訊いた。

「どうした？　ん？」

「いやッ……ああッ、もう……」

紗矢香が弱々しくかぶりを振って、たまらなさそうにいう。悩ましい表情が狂おしそうな表情に変わってきて、腰がいやらしくうねる。

「もうなんなんだ？　いえよ」

「ああッ、きてッ」

たまりかねたようにいって腰を振る。紗矢香が初めて洩らした本音だった。堀田はなおも嬲って焦らしながらいった。

「きてって、どういうことだ？　わかるようにはっきりいってみろ」

「いやッ……堀田くん、お願いッ、いじめないでッ」

哀願する。

「だったら、感じないようにしようとか、乱れないでおこうとか思わないで、もっと素直になったらどうだ」

いうなり堀田は紗矢香の中に押し入った。ペニスが蜜壷に滑り込むと同時に紗矢香が呻き声を放ってのけぞった。感じ入ったような声だった。

堀田はくいくいと腰を使った。

「ほら、どうだ？」

ペニスの動きに合わせて紗矢香が悩ましい表情を浮かべてのけぞる。必死に声を殺しているようすだ。

紗矢香の蜜壷はまさに熟れて練れたという感じの、なかなかの名器だった。十分に潤っていても膣壁がペニスにからみつきまとわりついてくる感じがあって、しかもその中にくすぐるような感触もある。

これだけ熟れた女がどこまでも我慢しきれるはずがない。なりふりかまわず乱れさせてやる！

堀田は自分が仰向けに寝て紗矢香に騎乗位の体位を取らせた。

「ほら動いて」

と腰を突き上げると、紗矢香は苦悶の表情を浮かべてのけぞった。

堀田は両手で乳房を揉んだ。紗矢香が堀田の腕につかまって、ぎこちなく腰を振りはじめた。

亀頭と子宮口の突起がこすれ合う。それにつれて紗矢香のようすが変わってきた。徐々に腰の動きが滑らかになり、表情が艶めいてきて、荒い息遣いにふるえをおびた喘ぎ声が混じるようになった。

紗矢香に自ら行為させることで乱れさせよう。堀田のそんな思惑どおりになってきた。

「やっとその気になってきたようだな。いいんだろ？」

紗矢香の動きに合わせて腰を持ち上げながら堀田が訊くと、紗矢香はうんうんうなずく。

その興奮しきって無我夢中のようすは、いままでになかった反応だ。腰の動きも旋回するようないやらしいそれになっている。紗矢香みずから快感を貪っている証拠だった。

「どこがいいんだ?」

堀田は訊いた。

紗矢香はかぶり振って答えない。

「素直じゃないな。まだダンナのことを思って、乱れちゃいけないと思ってるのか。それともいやな男とやってるからか」

またかぶりを振って答えない。

「じゃあなぜなんだ」

「本当は……主人、知ってるの」

紗矢香が顔をそむけて、悩ましげな表情で妙なことをいった。

驚いた堀田は、乳房を揉むのをやめて訊いた。

「知ってるって、まさか俺から借金するかわりに俺と寝るのは、ダンナも了解済みってことか!?」

紗矢香はうなずいた。

堀田は啞然とした。そして、自嘲していった。

「つまり、紗矢香が昔の俺のことをダンナに話して、それなら『なんでもする』っていえば、いまの堀田なら金も持ってるしスケベそうだし、簡単に金を借りられるって話になったわけだ」

「そんな……堀田くんのこと、そんなふうに思ってないし、お金だって、借りられるかどうかわからなかったし、不安だったわ」

「でも思惑どおりに事は運んだ……」

いいながら堀田は起き上がると紗矢香を仰向けに押し倒した。

「それにしても一体どういう夫婦なんだ？　ひょっとして、亭主は女房をほかの男と寝させることで嫉妬と異常な興奮をおぼえるようなやつで、女房もそれで亭主に責め嬲られるセックスがたまらないなんて、変態夫婦なんじゃないか」

ゆっくりとペニスを抜き挿ししながら、堀田はいった。

「堀田くんがいうとおり、ふつうじゃないと思うけど、でも主人もわたしも、そんなんじゃないの」

眉根を寄せた紗矢香がペニスの動きに合わせて腰をうねらせながら、うわずった声でいう。

「じゃあどういうんだ？」

「主人は、いじめられるほうがいいヒトなの」

紗矢香が思いがけないことをいった。

「ダンナ、マゾなのか!?」

驚いて訊いた堀田に、紗矢香がうなずき返す。

「――てことは紗矢香、ＳＭプレイの女王様と奴隷みたいなこと、ダンナとやってんのか」

「そこまでは……」

紗矢香は口ごもった。

堀田は、ペニスが収まっている膣口の上に膨れ上がってむき出しになっているクリトリスを指先でとらえ、まるく撫でながら、どんなプレイをしているのか訊いた。

紗矢香がたまらなさそうな喘ぎ声を洩らしながら、夫婦のプレイを話した。

マゾの夫の好みは、妻の全身を舐める舌を使った奉仕や、妻に顔の上にまたがってもらう顔面騎乗など、ソフトなプレイらしい。

その話を聞いていて堀田は、紗矢香が感じたり乱れたりするのを自制している
ようなところがあったそのわけがわかったような気がしてきた。

ソフトなプレイにしてもマゾの夫に対して女王様のように振る舞ってきたこと
が、そうさせていた大きな要因だったにちがいない。

「あぁッ、それだめッ……イッちゃう……」

紗矢香が腰を律動させながらふるえ声でいった。

堀田はクリトリスを嬲るのをやめて紗矢香を抱き起こすと、対面座位の体位を
取った。

「ほら見ろ」

そういってペニスを抽送した。

「ああッ……いいッ……ああン、たまンないッ……」

肉びらの間で濡れ光ったペニスが出入りする淫猥な眺めを凝視した紗矢香が、
興奮しきった表情で初めて快感を訴え、堀田の動きに合わせて腰を使いはじめた。

「どこがいい？」

堀田が訊くと、いやらしく腰をうねらせながら、

「あぁンいいッ、オ××コいいッ」

ためらいもなく卑猥な四文字を口にする。

そんな紗矢香に、堀田は一瞬呆気に取られた。が、すぐに欲情をかきたてられて襲いかかるように紗矢香を押し倒すと激しく突きたてていった。


「ううん……」

紗矢香が鼻声を洩らした。ゆっくり眼を開けた。すぐには状況がわからないらしく、茫然としている。それでも顔にはまだ興奮の色が残っている。

「お目覚めか」

横から堀田が話しかけると、我に返ったようなようすを見せて、

「わたし、どうしてたの？」

驚いて訊く。

「失神してたんだよ」

「そんな……」

戸惑っている。

「失神したのは、初めてなのか」

信じられないというような表情で紗矢香はうなずいた。そしてあわててシーツ

をたぐり寄せ、全裸の軀にかけた。

その横で紗矢香のほうを向いて寝て、肩肘をついて顔を起こしている堀田は裸のままだった。

「ダンナにいろいろ訊かれるんじゃないか。俺とセックスしてどうだったかとか、どんなことをしたのかとか」

堀田が訊くと、紗矢香は苦笑いして、

「たぶん……」

「で、紗矢香は話すのか」

「ええ、訊かれたら……」

「ダンナ、嫉妬しまくるんじゃないか」

「だから話すの」

「なるほど、そういうことか。嫉妬に狂わせて、いじめてやるわけだ。でもダンナは嫉妬するだけじゃなくて、紗矢香と俺のことを聞いたら興奮もするんじゃないか」

「するでしょうね」

「で、最後は夫婦のセックスに突入、てわけか」

「そんな……なんだか堀田くん変だわ」

紗矢香が堀田をかるく睨んでいった。

「変？ どこか変なんだよ」

「わたしのこと、妬いてるみたい」

「バカいえ。なんで俺が妬くんだよ」

堀田は苦笑いしていった。紗矢香のいったことが図星とまではいかないが多少当たっていたからだ。

「じゃあどうしていろいろ訊くの？」

「それはだな、考えてみたら、どうも納得がいかないからだ。俺は紗矢香たち夫婦のために三千万を融通してやる。そのかわりに紗矢香は俺に抱かれた。そこまではいい、わかる。けど紗矢香たち夫婦は、それをダシに愉しむ。結局、俺はいいように利用されているって感じじゃないか。これはどう見ても公平とはいえない。紗矢香だってそう思うだろう」

「堀田くんを利用するなんて気持ちはまったくないわ。それよりなにがいいたいの？」

「つまり、この取引を公平にしたいってことだよ」

「わからないわ。どういうこと？」

「こういうことだ。紗矢香たち夫婦は俺をダシに愉しむ。だったら俺も愉しませてもらいたい。その権利が俺にはあるはずだ。で、どうするかというと、紗矢香たちが愉しんでいるところをビデオに盗撮して、それを俺が見る。俺一人じゃなく紗矢香と一緒にね。そうすれば俺と紗矢香のセックスも盛り上がって愉しめる。どうだ、刺戟的ないいプランだろ？」

「そんな……第一、盗撮だなんて……」

さすがに紗矢香はひどく狼狽したようすを見せた。

そのプランは紗矢香が失神している間、彼女の無防備な裸身を見ているとき堀田が思いついたものだった。

「大丈夫だ。それは俺に任せろ。紗矢香たちの寝室に置いてもおかしくない置物を用意して、そこにうまくカメラを仕込むから心配ない。このプラン込みで三千万の貸し付けってことで、紗矢香の返事を聞きたい」

「そんなこと……」

「いやか」

紗矢香は答えない。というより当惑して答えられないというべきだろう。

「いいんだな」

いうと堀田は紗矢香の返事を待たず唇を奪った。舌を差し入れて紗矢香の舌にからめていきながら、彼女の手を取って回復の兆しを見せているペニスに導いた。

紗矢香が熱っぽく舌をからめてきてペニスを手にすると、甘い鼻声を洩らしてジワッと握った。

それが紗矢香の色好い返事だと解釈し、堀田は内心ニンマリしてシーツをめくり、彼女の下腹部をまさぐった。しっとりした陰毛を撫で、その下の割れ目に指を這わせると紗矢香が唇を離して喘いだ。艶かしい声だった。割れ目はまた新しい女蜜で濡れてきていた。

童貞の誘惑

1

ご馳走さまでした、とイタリアンレストランを出たところで深井洋介《ふかいようすけ》がお礼をいって頭を下げた。

「どう、わたしの部屋でもう少し飲んでいかない？」

計画どおり、由香里《ゆかり》は誘った。レンストランでは二人でワインを一本空けていた。

「え？　……でもいいんですか？」

深井は驚いた表情で訊き返した。

由香里は笑いかけていった。

「いいわよ……けど、『いいんですか？』って、どうして？」

「だって主任、彼氏とかいるんじゃないですか」

「やだ、いないわよ、そんな人」

「え!?　そうなんですか」

「そうよ。いたら、あなたを誘わないわ。わたしも深井くんと一緒なの」

由香里は微苦笑していいながら歩きだした。深井がついてくるのがわかった。

時刻は午後九時ちかくになっていたが、まだ真夏の昼間の熱気が濃く残って澱んでいた。

由香里の部屋があるマンションは、ここから徒歩で十分とかからない距離にある。

「でも信じられないなァ。ぼく、主任には絶対彼氏がいるって思ってましたよ」

並んで歩きながら深井が言葉どおり意外そうにいった。

「どうして？」

「ぼく思ってたんですよ、才色兼備って、主任みたいな女性のことだって。だから彼氏がいて当然だって」

「才色兼備なんて言葉、よく知ってるわね。最近は、というか、とくに若い人にとってはもう死語にちかいんじゃないの？」

「そうですね。よくいうって笑われちゃうかもしれないけど、ぼく、才色兼備の女性が理想なんです」

深井は照れくさそうにいった。

「わたしは才色兼備なんてタイプじゃないけど、でも深井くんの言い方だと、一応わたしも理想のタイプってことかしら」

「一応どころか、主任のような女性が理想なんです」

「いやだわ、深井くんたらもう酔っぱらっちゃったの？」

妙に力を込めていった深井に、由香里は揶揄《やゆ》する笑いを浮かべていった。

「まだ酔ってませんよ」

「じゃあ御馳走のお礼にお世辞？」

「ちがいますよ、マジな話ですよ。主任こそそうやってからかうなんて、酔っちゃったんじゃないですか」

「酔っちゃだめ？」

珍しく反論した深井に、由香里も珍しく艶かしい表情をつくって訊き返した。

深井は驚いて、それも意表を突かれてドギマギしているような表情を見せたが、ふっと笑って、

「いいですよ、主任なら。ますます色っぽくなるはずだし、それに主任が酔っぱらっちゃって、ぼくが介抱するなんてことになったら、ぼくとしたら最高です」

「へえ～、驚いた。深井くんがそんなことをいうなんて。それって口説き文句じゃないの」

由香里がかるく睨んでいうと、深井はあわてて、

「あ、いや、すみません」

「なにも謝ることはないわ。やっぱり酔っちゃってるんでしょ。いいのよ、酔って。今夜は二人で酔っぱらっちゃいましょ」

由香里は笑って思わせぶりにいった。二人はマンションの前まできていた。

深井は嬉しそうにうなずいた。

それを見て由香里は思った。でも彼、わたしがいまなにを考えているか知ったら、どんな顔をするかしら。

由香里が深井洋介を誘惑する決心をしたのは、数日前のことだった。

そのきっかけになったのは、さらにその半月ほど前にたまたま二人きりで酒を

飲む機会があって、そのときわかった深井の異性関係だった。

由香里がそれとなく訊くと、深井は恥ずかしそうにまだ女性経験がないことを打ち明けたのだ。それに、いま付き合っている女性もいないということも。

深井が童貞だとわかって驚きはしたものの、由香里にとってはまったくの予想外ではなかった。まさか、と思う一方で、ひょっとしたら、という思いもないではなかったのだ。

深井洋介はこの春大学を出て、由香里が勤務している大手商社が運営するバイオテクノロジー関連の研究所に入所してきた。それから主任研究員の由香里の助手を勤めている。

これまでの由香里の深井に対する評価は、理系の学生によくいる真面目なタイプで、そのうえ性格が素直で仕事熱心、というわるくないものだった。

しかも偶然にも、一年あまり前由香里が仕事を取るか家庭を取るかで愛しながら別れた恋人と笑顔が似ていたこともあって、好感を持った。

その好感が少しずつ異性に対するそれに変化したことは否めない。それに由香里も深井からも好感を持たれていることを感じていた。

といってもそれだけで誘惑しようなどと思ったわけではない。そもそも由香里自身そんなことができるタイプではなかった。これまで仕事一筋できて、性的な面ではストイックなほうだった。

ところが二つの要因が由香里の気持ちを大きく揺るがすことになった。

一つは、深井が童貞で、現在付き合っている相手もいないということ。もう一つは、由香里自身のことで、一年あまり前に恋人と別れて以来セックスレスの状態がつづいていて、欲求不満を抱えていたことだった。

とはいえ相手は二十二歳の若い部下で、二人とも独身といっても三十二歳の由香里とは十歳もの歳の開きがある。

それを考えると、最初は気が引けた。

だが『童貞の深井を誘惑する』という想像を抑えることができなかった。それどころか、どんどん膨らんできた。

しかもそれは当の由香里自身が戸惑いうろたえるほど、淫らで刺戟的な妄想だった。

そのぶん欲求不満の熟れた軀が燃えうずいてたまらなかった。

悶々としながら、それでも由香里は妄想を実行に移すのを必死に自制していた。

だがそれも半月が限界だった。

誘惑を決心してからの数日間は、どうやって実行するかあれこれ考えた。結果、週末のこの日、深井を自宅があるマンションの近くのイタリアンレストランに誘ったのだった。

手早くシャワーを浴びて、由香里は軀にボディソープを塗りたくった。手が乳房に触れた瞬間、甘いうずきに襲われて思わず喘ぎそうになった。乳首が勃っていたからだった。

それだけでなく、ほどよいボリュームをたたえてきれいな紡錘形を描いている乳房全体がしこっていた。

ソープの泡にまみれた手を股間に這わせた。レストランで食事をしているときから濡れてきているのはわかっていた。クリトリスに指が触れたとき、快感のうずきと一緒に軀がふるえ、喘ぎ声が口を突いて出た。

深井にビールを出しておいて由香里だけシャワーを浴びたのは、局部と汗ばんだ軀を洗うのが目的だった。

それだけをすませてすぐに浴室を出た。脱衣場兼用の洗面所で濡れた軀をバスタオルで手早く拭きながら、鏡を見た。

プロポーションには密かに自信を持っていた。その裸身が、童貞の深井を誘惑する妄想にふけるようになってからというもの、それが刺戟になって女性ホルモンの分泌が活発になったのか、由香里自身の眼にもそれまでになく熟れて色っぽく、もっといえばいやらしく見えるようになってきた。

いまもそうだった。由香里はふと思った。彼、シャワーを浴びてるわたしの裸を想像してるかも……。

カッと軀が熱くなった。興奮と胸のときめきが一気に高まってきた。

由香里は替えの下着を手に取った。深井を誘惑する決心をしてから買った下着で、黒いシースルーのブラとTバックショーツだった。

部分的なシースルーの下着は持っていたが、すべてがシースルーのものもTバックもこれまで着けたことがなかった。深井を誘惑するのだという気負いが先走って、ついそういう挑発的な下着を選んで買ったのだが、帰宅してさっそく着けて鏡に映して見たとき、恥ずかしさに襲われると同時に童貞の深井には刺戟が強すぎるのではないかと心配になった。

それでもその下着を着けることにしたのは、そういう挑発的な下着を着けることによって由香里自身大胆にふるまえるような気がしていたからだった。

その下着を着けて鏡を見た。黒い布地を通して乳房もヘアも透けて見えている。黒い下着と色白な肌のコントラストのせいで、自分の軀ながらいつも以上に艶かしく見えた。

鏡に後ろ姿も映して見た。ショーツの黒いラインとむちっとしたむき出しのヒップを眼にしたとき、ズキンと子宮がうずいて軀がふるえた。そして、なんども妄想した淫らで刺戟的な世界に引き込まれていくような感覚に襲われた。

2

「お待たせ……」

スーツ姿から襟元が大きく開いたブルーのカットソーと白いタイトスカートに着替えて現れた由香里を見て、深井は驚きの表情を見せた。

カジュアルな服装の由香里を初めて見たせいだけではなく、その視線の動きからすると〝ナマ足〟にも驚いたようだ。

「あら深井くん、飲んでないじゃないの」

「いただきましたよ」

冷蔵庫の缶ビールを遠慮なく飲んでいて、といっておいたのだが、深井はそのとき由香里が出しておいた缶ビールを一缶空けただけのようだ。グラスも空だった。

由香里は冷蔵庫から缶ビールを二缶取り出してきて、ソファに座っている深井の横に腰を下ろした。

深井が心なしか軀を硬くするのがわかった。由香里のほうも平静を装ってはいたが心臓が音をたてていた。

「さ、飲み直しましょ」

二つのグラスにビールを満たして由香里は促した。二人は乾杯の仕種をしていただきます、といって深井がグラスを手にした。

ビールを飲んだ。

「さっき思ってたんですよ。なんで主任の部屋にいるのかな、まさか夢だなんてことはないだろうなって。主任に連れてきてもらったのはわかってるのに、なんか信じられないみたいな感じになっちゃって……」

深井が苦笑いしながらいった。

「そう、夢かもしれないわよ。いいえ、そうよ。今夜のことは、きっと夢の中のことよ」

由香里は艶かしく笑いかけていった。誘惑のシナリオにはなかった、深井の言葉に触発されて口にした言葉だった。

「え？　どういうことですか」

深井がちょっとドギマギしたようすで訊く。

「だってほら、夢の中って、現実にはありえないようなことや信じられないようなことがいくらでもあるでしょ」

いって由香里は深井に軀をもたせかけると、そうでしょ？　と囁いて彼の太腿に手を這わせた。

「え、ええ……」

あわてたようすで深井が答える。

由香里は仕掛けた。

「深井くんて、まだ女性の経験はないっていってたわよね？」

「ええ……」

「童貞の深井くんをわたしが誘惑するなんてことだって、夢の中ではありえないことではないんじゃない？　でもそれだと深井くんにとっては悪夢かしら」

「そんな！」

突然深井が声を高めた。

「悪夢だなんてとんでもないですよ。ぼくにとっては最高にいい夢ですよ」

おかしいほど気負い込んでいう。

由香里が考えていたシナリオは、酔った勢いで「わたしが初体験をさせてあげてもいいわよ」と誘うというものだったが、思いがけずそれよりもスムースな展開になっていた。

由香里は深井を見つめた。深井は驚きと興奮が交錯したような表情をしている。その表情が急にあわてた感じに変わった。

「あ、ヤバイ！　すみませんッ。そんなこと、主任の冗談に決まってるのにマジになっちゃって」

「冗談なんかじゃないわ。本当のことよ、夢の中の本当のこと……」

由香里は深井に笑いかけて思わせぶりにいった。

とたんに深井は真剣な表情になった。こんどはそれがみるみる興奮した表情に変わった。

由香里も自分が興奮した顔をしているのがわかった。そして、息苦しいほど胸が高鳴っていた。

深井に顔を近寄せていくと、由香里は眼をつむった。一呼吸あって、深井が唇を重ねてきた。

唇を合わせたまま、由香里は深井の背中に両腕をまわした。深井も由香里を抱き返してきた。

由香里のほうから舌を差し向けた。おずおずという感じで深井も舌を差し出す。由香里が舌をからめていくと、それに合わせて深井も舌をからめてきた。

童貞だから仕方ないが、深井のキスはぎこちない。由香里は深井の手を取って胸に導いた。

深井の手がカットソーとブラ越しに乳房を揉む。その手つきもぎこちない。それでも欲求不満を抱えている軀は過敏に感じて、由香里は声をこらえきれず、甘美な快感がせつなさが鼻声になった。

由香里の反応が深井に自信のようなものを与えたのか、それとも由香里に合わせているうちにそうなってきたのか、深井のぎこちないキスが変わってきた。舌の動きがねっとりとして、おたがいに貪り合うような濃厚なキスになった。

経験のない深井を最初からあまり刺戟してはいけないと思って、ここまでそうするのを自制していた由香里だったが、興奮に煽られて手を深井の股間に這わせた。

ズボン越しに強張りを感じて、胸が高鳴った。手で強張りを撫でながら、由香里は思った。

こんなことをするわたしを、彼はどう思っているかしら。研究室ではきびしくて、仕事を離れても〝女〟という面はほとんど見せない、そんな上司としてしか接してこなかったから、信じられないはずだ。いや、本当はこんなに淫乱な女だったのかと驚き呆れているかもしれない。それでもかまわない、どう思われてもいい。

そう思ったらますます興奮をかきたてられた。

深井のズボンの前もますます盛り上がってきている。興奮を煽られてか、乳房を揉む手つきも当初とはちがって揉みしだくという感じになってきている。そのため由香里はせつなさと一緒に内腿をくすぐられるような性感をかきたてられて息を乱し、両脚をすり合わせていた。

由香里は深井を制して立ち上がった。手を取ったまま、「きて」と深井を寝室に誘った。

寝室に入ってベッドのそばに立って深井と向き合った。照明は、さきほど由香里がシャワーを浴びる前に寝室にきてつけておいた枕元のスタンドの明かりだけだったが、ベッドの上は十分な、そして周囲はほどよい、むしろムードのある明るさに包まれていた。

「深井くんも脱いで……」

カットソーを脱ぎながら、由香里は促した。

深井はまだ事態が信じられないような表情をしていたが、「あ、はい」と我に返ったようすを見せてワイシャツを脱ぎはじめた。すでにスーツの上着は脱いでいて、ノーネクタイにワイシャツとズボンという格好だった。

「深井くん、こんなことをするわたしのこと、軽蔑してるんでしょ?」

上半身黒いシースルーのブラだけになった由香里は、スカートに手をかけながら訊いた。

「どうしてですか。軽蔑なんてしてませんよ。いまだって主任のこと、尊敬してるし好きです」

「好き?」

「あ、すみません、勝手なこといって」

深井は謝った。上半身裸になっている。

「でもさっき、信じられないみたいな顔してたわよ」

「それは驚いたからです。だってぼくなんか、主任には相手にもされないって思ってましたから、いまだってまだ……」

そこまでいって深井は言葉を呑んだ感じになった。スカートを脱いだ由香里に、眼を見張っている。

「まだ信じられない？」

由香里が艶かしく笑いかけて訊くと、

「いえ、ていうか、まだ驚いてますけど、軽蔑なんてしてません」

深井は懸命な口調でいうと、由香里がもう下着姿になっているからか、あわてたようすでズボンを脱いだ。

それを見て由香里は笑いをこらえながら、深井の前にひざまずいた。ところが濃紺のブリーフの前を見て、思わず息を呑んだ。ブリーフを突き上げているモノが、そうやって見ただけでもビッグサイズだとわかった。

「見ていい？」

ブリーフの前を凝視したまま、由香里は訊いた。声がうわずった。

「ええ」

と、緊張したような深井の声が上から降ってきた。

由香里はブリーフに手をかけた。胸が高鳴っていた。ゆっくりとブリーフを下げていった。

現れ出た肉棒がブルンと勢いよく跳ねた。

「アアッ——!」

由香里は喘いだ。同時にゾクッと軀がふるえた。

腹を叩かんばかりに反り返ったそれは、猛々しくて逞しい、まさに肉の棒だった。太さといい長さといい、由香里が想像するエレクトしたペニスのサイズをはるかに上回っていた。

「すごいわ。深井くんの、すごく立派なのね」

肉棒を眼にしたまま、由香里はいった。頭がクラクラして声がふるえた。見ているだけでなく、それに触りたい衝動に襲われたが、相手は童貞だということを考えてそれを抑え、太腿まで下がっているブリーフを脱がせた。さらに靴下も脱がせ、立ち上がると深井に背中を向けた。

「深井くん、ブラを外して」

むき出しになっているヒップに突き刺さるような深井の視線を感じて尻の肉がひくつき、声がふるえをおびた。

「すごいッ、Tバックじゃないですか」

深井が驚きの声をあげた。

「主任、いつもTバックなんて穿いてるんですか」

一瞬由香里は答えに困った。ふと、深井を挑発するために初めて穿いたと本当のことをいうと、なんとしても男をモノにしようという感じがあって、浅ましい気がしたからだ。

とっさにいい返事を思いついて由香里はいった。

「いつもってわけじゃないけど、わたしがTバックなんて変?」

「そんなことないですよ。すごくいいです。ていうか、すごくセクシーで、興奮しちゃいます」

深井がひどく興奮したようすでいいながら、童貞にしては意外に慣れた手つきでブラホックを外した。

由香里は自分でブラを取り、そのまま深井にもたれかかった。ヒップにナマの硬いペニスを感じてゾクッと軀がふるえ、喘ぎそうになった。

両手を後ろにまわして深井の両手を取り、乳房に導いた。深井がおずおずと乳房を揉む……。

甘くせつない性感をかきたてられて由香里は息が乱れ、身悶えずにはいられない。すると怒張とヒップがこすれ合ってますますその感触が生々しくなり、ゾクゾクする。

向き直って深井の首に両腕をまわし、キスを誘った。

深井が唇を重ねてきた。二度目のキスということもあってか、すぐに深井のほうから舌を求めてからめてきた。

さきほどよりもそうやって向き合って抱き合っているほうが軀の密着感が強い。久々に感じる男の軀、しかも勃起したペニスに、由香里は興奮のあまりめまいに襲われ、狂おしさに艶かしい鼻声を洩らして身悶えた。

同じく深井も初めて女体を感じて興奮を煽られているらしく、由香里の下腹部にぐいぐい肉棒を押しつけこすりつけてきている。

「ああ、きて……」

由香里は立っていられなくなって深井をベッドに誘った。

3

抱き合ったまま由香里が下になって仰向けに寝ると、両手で深井の肩をそっと押しやった。

初めてにしては勘よく、深井は由香里の求めを察して、軀をずらすと乳房に顔を埋めてきた。両手で膨らみを揉みながら、乳首を舌で舐めまわす。

揉み方も、舐め方も、これまた初めてにしては上手い。

繰り返しのけぞって喘ぎながら、由香里は思った。経験がなくても、それに真面目でそんな感じには見えないけど、インターネットではポルノが解禁されたようなそのものズバリの動画なども流れているというから、そういうのを見てどうしたらいいかおよそのことはわかっているのかも……。

もっとも深井のテクニック以前に、由香里の軀が彼の愛撫を上手いと感じる状態になったということもなきにしもあらずだった。

欲求不満を抱えている三十二歳の熟れた軀は、乳房で性感をかきたてられただけでたちまち火がつき、下半身への前戯を求めずにはいられなくなっていた。

由香里は身をくねらせて、また両手で深井の肩を押した。

深井もまたすぐにその意図を察して軀を下方にずらしていき、由香里の両脚の間にひざまずく格好になった。

「恥ずかしいわ。見えちゃうでしょ?」

興奮した表情で股間を覗き込んでいる深井に、由香里はゾクゾクしながら訊いた。

「ええ。いいですね、スケスケのTバック。すごくエロティックですよ」

深井がちらっと由香里を見、すぐまた股間に眼をやっていう。

その眼にどういう状態が見えているか、由香里にはわかっていた。初めてTバックを穿いたとき、自分で股間の状態を鏡に写して見たからだ。そのとき眼にしたのは、クレバスをギリギリのところで覆っている黒いシースルーの布を通してヘアも肉びらも透けて見えている、むしろむき出しよりもいやらしい眺めで、カッと軀が熱くなって思わず「やだ」といったほどだった。

それと同じ状態のところを深井に見られていると思うと、恥ずかしさは自分で見たときの比ではなかった。それでいてそのぶん異様な興奮にも襲われていた。

「深井くん、女性のあそこ、見たことはあるの?」

訊いてみた。

「ええ、見るだけなら。といってもネットでですけど」

やっぱり、と思って驚きながら、由香里は訊いた。

「ネットで、そんなもの見られるの？」

「見られますよ、女性のあそこもセックスしてるとこもノーカットで」

深井は事も無げにいった。

「てことは、深井くんもそういうのを見てたってことね？」

「ええまァ、恥ずかしいですけど……」

深井は苦笑いした。

そういうものがあるというのを話としては聞いたことがあるが見たことがない由香里は、あらためて驚いた。もしやと思っていたものの、実際に深井の口からそのことを聞き、彼がそういうものを見ていたことがわかったからだ。

「意外だったわ。真面目な深井くんがそんなものを見てたなんて」

「そうですか？　でもぼく、真面目そうに見えるだけで、本当はそうでもないんですけど……」

深井が平然としていう。

「え？　本当はエッチだってこと？」

「ええ、かなり……」

苦笑いしていう。

深井のいままでにない一面を見るような思いで、由香里は唖然とした。が、かなりエッチだということならやりやすいと思った。

「だったら深井くん、経験はなくてもどうしたらいいかわかってるんじゃない？」

「ええ、ちょっとは……」

「じゃあ深井くんがしたいようにしていいわよ」

「いいんですか⁉」

深井が喜色を浮かべて訊く。由香里はうなずいた。

由香里の誘惑のシナリオでは、由香里がいろいろと指示したり教えたりしてリードすることにしていた。想っただけでもそれはそれで興奮したものだが、深井に任せてみるのも刺戟的で、それにあれこれ考えなくてもすむから、これはこれでいいかもしれないと思った。

それじゃあ、というように深井が両手を太腿に這わせてきた。太腿を内腿の付け根に向けて撫でる。ゾクゾクする性感をかきたてられて両脚がひくつく。

深井の指がショーツ越しにクレバスをなぞる。繰り返し上下に——。

のけぞって喘ぎながら、由香里はうろたえた。なぞるだけでなく、クリトリスや膣口をとらえてクルクルこねるのだ。

「ああン、それだめ……」

「よくないですか」

深井が訊く。由香里はかぶりを振った。よくないどころか甘い疼きに似た快感に襲われてたまらない。

「見てもいいですか」

深井がまた訊く。

そんなこと訊かなくても好きにしてくれればいいのに、と内心ぼやき、恥ずかしさをおぼえながら由香里はうなずいた。

ショーツを脱がされるものと思っているとそうではなかった。深井はショーツの股の部分を横にずらしたのだ。

由香里は戸惑うと同時に羞恥で顔が火照った。ショーツを脱がされて見られるよりもそのほうがいやらしく思えた。

深井が両手で恥部を押し分けた。ゾクッと軀がふるえ、由香里は喘いだ。

「すごいッ。もうビチョビチョですよ主任」

驚きと興奮が入り交じったような声で深井がいう。由香里は思わず「いやッ」といって腰をうねらせた。

息を呑んだ。いきなり深井がクレバスに口をつけてきたのだ。舌でクリトリスをとらえてこねる。

全身がとろけるような快感をかきたてられて、由香里はたちまち声をこらえきれなくなった。

それればかりか、泣きたいほど気持ちよくなって、実際に泣きだした。

驚いたことに、深井のクンニリングスはとても上手だった。初めてとは思えなかった。クリトリスをこねるだけでなく、舌で弾いたり口で吸いたてたり、しかもまるで由香里の感じている状態が手に取るようにわかっているかのようにタイミングよく、仕方ばかりか位置や刺戟の強弱まで、変化をつけるのだ。

「すごいッ、すごいわ深井くん」

こんどは由香里のほうが驚きの声をあげた。

「信じられない……どうして？　……上手よ、どうしてそんなに上手なの!?」

そのテクニックに驚いたものの、すぐにそんなことを考える余裕も失い、経験者の由香里のほうが童貞の深井に翻弄されていた。

「いいわ、いいのッ……アアッ、もうだめよ、我慢できないッ」

早々とオルガスムスがきた。それを察知したように深井の舌がクリトリスを攻めたてるように弾く。

「アアだめッ、だめだめッ、イクッ、イッちゃう！」

由香里は絶頂を訴えてのけぞり、軀を突き抜ける快感と一緒に腰を振りたてた。

「どうです？」

深井が笑いかけて訊く。

「ああ、深井くん、あなた――」

本当に初めてなの？　と訊く前に、由香里は呻いてのけぞった。膣に指が侵入してきたのだ。

そのまま深井が由香里の横に移動して乳房に顔を埋めてきた。乳首を舐めまわしながら、膣を指でこねる。

達したばかりの由香里は、すぐまた狂おしい快感に翻弄されはじめた。

由香里は戸惑い、うろたえた。顔を起こした深井が、膣に挿した指をピストン運動させはじめたのだ。しかも異常に速い動きで、膣の上側をこすりたてる感じで。

由香里は息を弾ませてきれぎれに喘ぎながら、思った。ネットで一通りのことを見て知っていても、実際の経験がないから興奮に任せてこんな乱暴なことをしてるのでは……。

もうやめさせて、やっぱりわたしがリードしたほうがいい。

そのとき、異様な感覚が襲ってきた。膣の中の、指でこすりたてられているあたりが熱く膨れ上がってきて、失禁しそうな感じになったのだ。

「いやッ、だめッ、だめよッ、だめッ、出ちゃう!」

由香里は怯えて深井を制止しようとした。だが深井はやめず、それどころかさらに責めたてるように指の動きを速くした。

もう我慢できなかった。熱く膨れあがったかたまりが、こらえていた尿を排泄するように迸《ほとばし》った。ピユッ、ピユッとたてつづけに——。

「おおッ、やった! 主任、潮を吹いちゃいましたよ」

深井の声が遠くのほうでしているように聴こえた。

「ほら、ビチョビチョですよ」

顔の前に手を差し出されて、由香里はようやく我に返った。深井の手はまるで

水に浸かったようだった。それを見て羞恥が込み上げてきて、

「いやッ」

と両手で顔を覆った。

「主任、潮を吹いたの、初めてだったんですか?」

深井に訊かれて、両手で顔を覆ったままうなずいた。そのとき抑えがたい衝動に襲われて、起き上がるなり由香里は深井の股間にしゃぶりついていった。

4

それはいきり勃っていた。手にしただけで、由香里は身ぶるいした。亀頭に舌を這わせると、眼をつむってからめていった。

そのときふと、深井の反応を不審に思った。童貞ならフェラチオされると暴発を恐れてあわてるなり腰を引くなりするはずだが、深井はまったくそんな気配さえ見せない。そればかりか、されるがままになっている。

由香里はペニスから口を離し、足を投げ出して座っている深井を見上げて訊いた。

「深井くん、初めてなのに平気なの？」

「え？　ああ、マスターベーションでけっこう鍛えてますから」

深井は笑っていった。

「じゃあ少し、わたしの好きにしても大丈夫？」

「大丈夫です。好きにしてください」

「でも我慢できなくなったらいって」

「はい」

由香里はゾクゾクしながら怒張に舌をからめていった。

相手は童貞だからフェラチオは最初の行為ではできないだろうと考えていた。ところがその深井に潮を吹かされるという思いがけない経験をさせられて、そのことで異常に興奮してしまって、巨根を舐めまわしたい衝動にかられていたのだ。

「主任、フェラ上手ですね。主任がこんないやらしいしゃぶり方をするなんて想像もできなかったですよ」

由香里が夢中になって巨根を舐めまわしたり、くわえてしごいたりしていると、深井が驚いたようすでいった。

「なによそれ。でも、ということはほかにもわたしのことでいやらしい想像をしてたってこと？」

由香里は憤慨してみせた。

「ええ、まァ……ぼくも男ですから……」

あまりこたえたようすもなく、深井は苦笑いしていった。

「どんなこと想像してたの？」

由香里は亀頭に指をかけて押さえ、離した。ブルンと肉棒がゴムのように弾んで腹を叩いた。その瞬間カッと軀が熱くなって子宮がざわついた。ペニスは文字どおりビンビンにいきり勃っている。

「主任とセックスしてるとこですけど、ぼく、とくに白衣を着てる主任が好きなんで、研究室でしてるとことか……」

深井が照れ臭そうにいった。

白衣や研究室ということに由香里は驚き、深井を色っぽく睨んだ。

「不謹慎ね。真面目なふりしてそんなことを想像してたの」

「主任もぼくのことでいろいろ想像してたんじゃないですか？　童貞をどうやって誘惑してやろうかなんて」

「そうよ」

由香里はいった。もはや開き直るしかなかった。

「でも深井くん、いつそう思ったの？　わたしに誘惑されるんじゃないかって、今日じゃなく前から思ってたの？」

「もしかしてって思ったのは、今日食事に誘ってもらったときです。でも半分は信じられないような気持ちでした。主任はそういうことをするタイプじゃないって思ってましたから。それまではだから、誘惑されるのを期待しながら、その可能性はないだろうって、ほとんどあきらめてたんです。だけどどうして誘惑する気になってくれたんですか」

ちょっと考えてから由香里はいった。

「理由の一つは、あなたが童貞だからよ」

「童貞に興味あるんですか」

「そうね、それもあるけど、気持ち的に楽っていうのが大きいかな」

「楽ですか。あ、主任、もうそれがほしいんじゃないですか」

深井が由香里の顔と手元を交互に見ていった。さっきから由香里は硬張りを手にしてゆるやかにしごいていた。

「やだ、深井くんにそんなことといわれるなんて、どっちが誘惑してるのかわからないわね」

由香里は苦笑いしていうと、艶かしい表情で訊いた。

「ね、最初はわたしが上になっていい？」

「ええ」

と深井はさっさと仰向けに寝た。

肉棒が腹についた状態になっている。由香里は深井の腰をまたいだ。中腰になってそれを手にして立てると、亀頭をクレバスに当てた。そのまま、クレバスを亀頭でこすって、背筋がざわめく快感に襲われながら膣口をとらえると、ゆっくりと腰を落としていった。

膣を押し拡げるような感覚を伴って怒張が滑り込んできて、息が詰まった。腰を落としきると、子宮を突き抜けて背筋を駆け上がってきた快感に軀がふるえ、頭がクラクラして、

「ア～ッ、いいッ！」

のけぞったまま、感じ入った声が口を突いて出た。

「ああ、深井くんの、入ったわ。どう？　初めて女の中に入った感じ」

由香里は訊いた。じっとしていてもひとりでに息が弾み、声がうわずった。

「気持ちいいです。ゾクゾクしちゃいますよ」

「わたしが動いてもいい?」

そうせずにはいられなくて由香里が訊くと、深井がうなずく。

「我慢できなくなったら、かまわないからいって」

由香里は深井の両手を取って乳房に導き、その腕につかまってゆっくりと腰を前後に振りはじめた。

巨根の先が子宮口に痛いほど当たってこすれる。それにつれて痺れるような快感がわきあがる。

「ああンいいッ。気持ちいいッ。深井くんはどう?」

由香里は律動しながら息も絶え絶えに訊いた。

「ぼくもいいですよ。主任のあそこも、このオッパイも、それに主任のいやらしい腰つきも」

深井が両手で乳房を揉みたてながらいう。

ふだんの深井らしからぬ、それに童貞らしからぬ言い種《ぐさ》に由香里は戸惑ったが、もうそれを気にかけている余裕はなかった。

「だって深井くんの、太くて大きくて、たまんないんだもの。ああンいいッ、いいのォ……」

快感のあまり泣き声になった。ひとりでに腰が動く。前後だけでなく、旋回したり、しゃくりあげるような動きになったり……。その動きによってちがう快感があって、さらに快感を求めてひとりでにいやらしく動く。

夢中になっていた由香里は、ふと深井のことが気になって訊いた。

「深井くん大丈夫？　まだ我慢できる？」

「できます。ほら主任、もっと気持ちよくなってください」

いって深井がグイグイ腰を突き上げる。

由香里は驚いた。だがその暇もなく、巨根で突き上げられるたびに脳天にまで響くような快感と一緒にめまいに襲われて、深井の腕につかまっていてもぐらぐらして上体を起こしていられなくなった。

由香里は深井の上に突っ伏した。深井が両手で由香里の腰を支え、自分の腰を激しく上下させるのに合わせて由香里の腰を律動させる。

強烈な突き上げをくらって、由香里は一気に絶頂に追い上げられていった。

「主任、大丈夫ですか？」

達してぐったりしていると、耳元で深井が訊いた。

「ええ……深井くんは？　まだイカなかったの？」

由香里は荒い息遣いをしながら訊いた。膣にはまだエレクトした巨根が収まったままだった。

「まだです」

そういって深井が由香里を抱いて起き上がり、座って向き合った体位に変えた。

「深井くん、あなた本当に童貞なの？」

由香里は訊いた。

「え？　どうしてですか？」

深井が訊き返す。妙に困惑したような表情で。

「だって、とても童貞とは思えないもの。本当に童貞だったら、こんなに我慢できるはずないでしょ」

「うーん、そうですね」

深井はぎこちない笑いを浮かべていうと、

「すみません。本当のことというと、童貞っていうのはウソだったんです」

申し訳なさそうに謝った。

「え!?　どういうこと？　第一、どうしてウソなんかついたの？」

由香里はひどく動揺して訊いた。

「主任もいってたとおり、童貞っていったほうが興味を持ってもらえると思ったんです」

深井はゆっくりとペニスを抽送しながらいった。

「ぼく、学生時代に家庭教師してたことがあって、そのときは本当の童貞だったんだけど、そこの奥さんに訊かれて『童貞です』っていったら、奥さんに誘惑されたんです。で、その奥さんにいろいろセックスのこととか女のこととか教えてもらって、そのとき奥さんから聞いたんです。女って、とくに年上の女って、童貞に興味があるものよって。それで主任に女性関係について訊かれたとき、そのことを思い出してとっさに童貞っていったんです。でもずっとウソをついてるつもりはなくて、どこで本当のことをいおうか、さっきから考えていたんです。すみません。主任を怒らせてしまったんだったら謝ります。許してください」

由香里のようすを見て怒っていると思ったのか、深井は真剣な表情で謝った。

だが由香里は怒っているわけではなかった。必死に興奮と快感をこらえているために、強張った表情をしていたのだ。それも限界だった。

「ああだめッ、ああんもっと！」

自分から腰をうねらせて、深井の動きを催促した。

「いいわ、許してあげるわ。そのかわり、わたしがいうことはなんでも聞くこと。それにわたしがいいっていうまで射精しちゃだめ。どう、それを守れる？」

「守れます。そんなこと簡単なことですよ」

深井は表情を輝かせ声を弾ませていうと、由香里を押し倒した。

「その前に主任をイキまくらせてあげますよ。ぼく、本当はそうしたかったんです」

いうなり深井が激しく突きたててきた。

硬い肉茎のしたたかな突き引きにあって、由香里はよがり泣きながら思った。

若い部下にまんまと騙されたのはシャクだけど、結果的にはこれでよかったのかもしれない。これ以上ないセックスパートナーを得ることができて、これからもっともっと愉しめることになったのだから。そう、彼、白衣を着たわたしが好きだといってたけど、いつか研究室でもこっそりセックスを愉しむことになるかも……。

快感に翻弄されながらとはいえ、そんな不謹慎なことまで想った自分に、由香里は戸惑った。戸惑いながらもますます快感をかきたてられて感泣していた。

罪な欲情

1

（もう少し早く帰ればよかった……）

後悔したが後の祭りだった。

それ以上に真奈美《まなみ》は困惑していた。

デパートでショッピングに熱中しているうちに乗る羽目になった帰宅ラッシュの電車の中、男の乗客にサンドイッチのように挟まれて立った状態になっているのだった。しかも、前の男とは向き合った状態なので、まるで抱き合っているも同然だった。

『こっちじゃなくて、向こうを向けばいいでしょうに……』

真奈美は憤慨した。向き合っている男の後ろには、ほかの男の乗客が背中を向けていた。

もっとも、向きを変えようにもこの身動きもままならない状態ではどうしようもない。

(だけど、もしも偶然に向き合ったのじゃなくて、この前にいる彼が故意にこうしたのだとしたら……!?)

ふとそう思って真奈美はうろたえた。

そのときドアが閉まり、電車が駅を出た。

真奈美が下車する駅までの乗車時間は二十分あまり。それまで何事もないことを願いながら、電車に乗ったときのことを思い出した。乗ったというよりは、いまいる車両の中程まで、ほかの乗客に無理やり押し込まれたという感じだった。

そうやって向き合う状態になったとき、男と眼が合った。一瞬のことだったが、そういえば彼も困惑した表情をしていたような気がした。

(あのようすからすると、故意ではなくて偶然だったのかも……)

そう思ったとき、彼の顔をどこかで見たような気がしてきた。

優しそうな顔立ち……年齢は二十代半ばの感じ……ちらっと眼にした紺色のダウンジャケット……会社員という感じではなかった。

だがどこで見たか思い出せない。そんな気がしただけかもしれない。

いまは彼の顔を見ることはできない。見ようとすれば、ぐっと顔を後ろに反らさなければならない。それほど接近していた。

これも一瞬だが電車に乗る際、後ろの男も真奈美は眼にしていた。眼鏡をかけた、ちょっと神経質そうなタイプ。黒いコートを着て、こっちは会社員風で、年齢は前の彼と同じくらいだった。

その二人の男に挟みつけられている真奈美もコートを着ていた。カーキ色のトレンチコート。そして、片方の手にバッグを持ち、一方の腕にディオールの手提げ袋をかけていた。

そのとき、真奈美は違和感を感じた。なにか硬いものが当たっていた。それも腰骨のやや内側あたりとヒップに。

『まさか——！』

激しくうろたえた。

まさかではなかった。それは勃起したペニスにまちがいなかった。前後に立っている二人の男のそれに――。

（二人とも痴漢!?）

異常な事態に怯えてパニックになった。

真奈美のコートの下はニットのツーピースだった。コートとタイトスカートを通しても男たちの強張りがはっきりとわかった。

ということは、それだけ力強く勃起しているということだ。しかも彼らが故意にそれを押しつけているからにちがいなかった。

さらに真奈美はうろたえた。コートがゆっくりと後ろに引っ張られるようにしてずらされていく。

極度の緊張で、真奈美の軀は硬直していた。

スカート越しに手がヒップに触れてきた。とっさに、声をあげなければ、と思った。が、いっせいに周囲の乗客に注目されるシーンが頭をよぎって躊躇した。

とたんに恥ずかしくて声をあげることができなくなってしまった。

真奈美の反応を見てタイミングを計っていたかのように、男の手がヒップを撫でる。撫でているのは後ろの男だ。

真奈美はおぞましさに総毛立った。ひとりでに腰がくねり、男の手から逃れようとして前に出る。すると、前の男の強張りに腰を押しつける格好になり、その感触をより強く、生々しく感じてしまい、カッと軀が熱くなって、ゾクッとふるえた。

真奈美はたじろいだ。最初は腰骨のやや内側あたりに突起の先が突き当たっている状態だったのが、軀がさらに強く密着したいまは、突起全体を押しつけられた格好になっているのだ。しかもその突起——というより強張りときたら、恐ろしいほど硬くて大きいのだ。

たじろいだ真奈美だが、すぐにこんどはうろたえた。恐ろしいほど硬くて太いその肉棒に、一瞬にして気持ちを奪われてしまったからだ。

真奈美は息を呑んだ。後ろの男の手が太腿を這い上がってきたのだ。そればかりか、前の男も太腿に手を這わせてきた。

いちどに二人の男から痴漢行為を受けるという、あまりにショッキングな事態に、真奈美はさらにパニック状態に陥って、どうすることもできない。

それをいいことに、男たちは前後から真奈美の下腹部や尻を下着越しに撫でまわしはじめた。

真奈美と男たちの両側には、吊革につかまって背中を向けた乗客が並んでいた。

痴漢行為を拒絶するタイミングを逸してしまった真奈美にできることといえば、もはや周囲の乗客に気づかれないようにすることしかなかった。

男たちの手や指が、下腹部のこんもりと盛り上がった丘や、股間の秘めやかな割れ目といった恥ずかしい、そしてデリケートな部分を、いやらしく撫でまわし、まさぐってくる。

真奈美は戸惑っていた。そういう行為にではなく、男たちの手や指に感じていることに。

そのとき、恐ろしいことが起きた。あろうことか、男たちが下着を下ろしにかかったのだ。

『やめてッ！　いやッ、だめッ！』

真奈美はあわててバッグを持った手で制し、腰をくねらせて拒もうとした。だが周りの眼を気にしてのことなので、とても拒絶といえるようなものではない。

男たちはいとも簡単にパンストとショーツを腰の下までずり下げた。

後ろの男が手でむき出しの尻を撫でまわす。前の男がヘアをまさぐってきた。

真奈美は恥辱感で総身が熱くなった。

すぐそばにほかの乗客もいるなかで、見ず知らずの男二人に下着を下げられ淫らな行為をしかけられている。想像だにできない異常な状況にありながら、どうすることもできない。周りの乗客に気づかれるのを恐れてヒヤヒヤ、ドキドキしながら、そして早く電車が下車する駅に到着するのを祈りながら、されるままになっているしかない。

真奈美が下車する駅では大勢の乗客が下りるので、そのとき男たちから逃げられるはずだった。

前の男の指が秘苑をまさぐってきた。真奈美は腿を締めつけ、腰をよじって後ろに引いた。すると後ろの男の手が尻の側から股間に侵入してきた。

恥ずかしい割れ目に男の指を感じた瞬間、顔が火照った。三十の大台に乗ったあたりからそれまで以上に、それも真奈美自身驚くほど感じやすくなってきた三十二歳の軀は、この異常な状況のなかにあってもさきほど下着越しに秘苑や尻を撫でまわされているうちに、真奈美の意思にかかわらず、というより意思を裏切って濡れてきていたからだった。

その濡れた割れ目を、男の指がヌルヌルとこする。

『だめッ、ああッ、だめッ……』

身ぶるいするような快感に襲われて、真奈美は怯えた。たまらず腰が律動してしまう。

ゆっくりと、男の指が蜜壺に侵入してきた。真奈美は息を呑み、声を殺して腰のあたりが蕩けるような快感をこらえた。

その指が蜜壺をこねる。真奈美は口を開けた。腰をもじつかせながら、かきたてられる快美感を息にして吐き出した。

さらに前の男が指でクリトリスをとらえ、こねはじめた。真奈美は思わず、腕に手提げ袋をかけているほうの手で男のダウンジャケットの胸をつかんだ。

『だめッ、それだめッ』

イキそうになるのを必死にこらえながら、小さくかぶりを振った。

すると男たちも真奈美が我慢できなくなって周りの乗客に気づかれたら困ると思ったか、蜜壺から指を抜き、クリトリスを嬲るのもやめた。

真奈美はホッとした。だがそれも一瞬だった。すぐに、こんどは前の男が蜜壺に指を挿し入れてきて、後ろの男が前に手をまわしてクリトリスを弄《いじ》りはじめた。

嬲る部分を替えただけだった。

イキそうになっていたのをかろうじてこらえていた真奈美は、もう我慢がきかなかった。それどころか間が空いたぶん、よけいに過敏になっていて、あっというまに達してしまった。イッたとき、前の男にしがみついて腰を小刻みに律動させたが声をこらえることはできた。そのため、ほかの乗客には気づかれなかったらしい。息を乱しながら、そのことだけにはホッとしていると、電車が下車する駅のホームにさしかかっていた。

洗面所の鏡に写っている、よく女優の松たか子に似ているといわれる顔が心なし強張っていた。異常な状況で異様な興奮に襲われてオルガスムスに達した余韻が、まだ尾を引いていた。

その自分の顔が、真奈美にはひどく淫らな女の顔に見えた。

電車が下車する駅に着いてなんとか二人の痴漢から逃れることができたが、オルガスムスの余韻が足にきていて、タクシー乗り場まで歩くのがやっとだった。

帰宅すると小学一年生の一人息子の孝志《たかし》はゲームに熱中していた。それを尻目に真奈美は浴室に駆け込んだ。

下半身にだけシャワーを浴びて恥辱の残滓を洗い流しながら秘苑を覗き込むと、濃いめのヘアとぼってりとした赤褐色の秘唇がいままでになくいやらしく見えて躯が熱くなり、うろたえさせられた。

そのとき真奈美は思った。

(最初に毅然として痴漢行為を撥ねつけて声をあげていれば、あんなことにはならなかったのに……)

それにしても二人の男の淫らな行為に感じてしまって、揚げ句にイッてしまったのは、いいようのないショックだった。

夫とのセックスにとくに不満があったわけではない。ただ、このところセックスの頻度は減ってきていた。M省のキャリアとしての仕事が忙しくなるにつれてそうなったのだが、夫は元々セックスに淡白だったので真奈美もそのことはあまり気にならなかった。

『でも本当にそう?』

鏡に写っている自分に、真奈美はあらためて問いかけた。というのも浴室から出てくる間に疑念がわいてきていたからだった。

鏡の中の〝淫らな女の顔〟が真奈美に答えた。

『ちがうわ。本当はあなた、夫とのセックスに満足していないのよ。夫婦関係を大切に思って自分をごまかしているだけ。だから今日、痴漢のあの男のペニスを感じただけでメロメロになってしまったのよ。そうでしょ?』

返答に困っていると、息子が呼ぶ声がした。

「ママァ、お腹空いちゃったよォ」

真奈美はあわてて洗面所から出ていった。

2

掃除機のスイッチを切って電話に出た。

「はい、結城《ゆうき》です」

「こんにちわ。孝志くんのお母さんですか?」

「そうですけど、どちらさまですか?」

「わたし、孝志くんが通っている小学校で五年生の担任をしている宮川《みやがわ》です」

「宮川先生?」

つぶやいてからその名前と顔が頭に浮かび、真奈美は思わず驚きの声をあげそうになった。宮川と二日前に痴漢されたとき前に立っていた男がよく似ていたからだ。

「そうです。突然の電話で驚かされたでしょうけど」

と宮川がいった。

「じつは孝志くんのことなんです。ちょっとご相談したいことがありまして、急なことで大変申し訳ないんですけど、今日学校のほうにきていただけないでしょうか」

「孝志のことで？　どういうことですか？」

「電話ではちょっといいにくいことなんです。ですので、できれば学校まできていただくと助かるんですけど……」

「わかりました。何時頃伺ったらいいですか？」

不可解な気持ちのまま真奈美は応諾し、訊いた。

「そうですね。四時には授業が終わるので、四時半頃いらっしゃってください。それとこのことはほかの先生たちには内緒のほうがいいので、ぼく、職員室ではなくて体育館の横で待ってますから、そこにきてください」

ますます不可解な気持ちになって不審に思いながらも、真奈美は了解した。

（五年生の担任がどうして孝志のことで？　第一、電話ではいいにくいだの、ほかの先生たちには内緒のほうがいいだの、一体なんなのかしら）

電話機にもどした送受器に手をかけたまま、真奈美は怪訝に思った。

ともあれ、学校に出向いて宮川の話を聞いてみるほかなかった。

掃除をしかけていた居間にもどりながら、宮川によく似た痴漢のことを思い出した。

あのとき宮川だと思わなかったのは、真奈美の頭の中では端《はな》から痴漢と教師が結びつくものではなかったからだった。

それに、息子の孝志が一年生で、真奈美にとって五年生の担任は馴染みが薄かったせいもあった。

(それにしてもよく似てる……)

そう思いながらも、いまも真奈美の頭の中では痴漢と教師は結びつかなかった。ただ似ているというだけで、あの痴漢が宮川だということなどありえない。そう思っていた。

急用ができたので出かける——というメモを置いて真奈美は家を出た。いわれたとおり午後四時半に体育館の横にいくと、そこに宮川が立っていた。

笑いかけてきた宮川の顔を見て、真奈美は思わず身構えた。瞬時にあの痴漢を思い起こしたからだった。

「お呼びだてしてすみません。外は寒いのでこちらにきてください」

宮川はそういって奥の倉庫のような建物に案内しようとする。確かそこは体育用具などが入っている倉庫だった。

真奈美は一瞬、本能的に警戒してためらった。が、相手は教師で、ここは校内。それに電話の宮川の口ぶりでは、内密にすべき話らしく、人目につかないほうがよさそうだった。

実際、外は冷え込んでいた。真奈美は黙って宮川についていった。

倉庫の中に入ると薄暗かった。が、両側に体育用具が並んだ奥に明るい場所があった。窓があって陽が差し込んでいるからだった。

その場所に宮川は真奈美を連れていった。

「ここは西日が差すから冬でも意外に暖かいんですよ」

宮川のいうとおりだった。

だが真奈美は戸惑っていた。緊張もしていた。三畳あるかないかのスペースの床に、なぜかマットが一枚敷いてあったからだ。

「あの、孝志のことで相談したいことがあるとおっしゃってましたけど、どういうことなんでしょうか」

真奈美は訊いた。

「すみません。孝志くんのことは、お母さんと二人きりになるための口実だったんです」

宮川は平然としていった。

「口実!? そんな——！」

真奈美は唖然とし、すぐにひどくうろたえた。目の前の宮川とあの痴漢がぴったり重なって見えたからだ。

「わかったようですね。そう、あの痴漢、ぼくだったんですよ」

宮川は悪びれたようすもなく、それどころか笑みさえ浮かべている。

「あのとき、すぐにバレちゃうかもしれないと思ってたんだけど、どうしてぼくだとわからなかったんです？ まさか教師が痴漢なんてするはずがないと思ったからですか。それともぼくの顔なんて憶えてもらってなかったからかな」

「やめて！」

宮川がおもしろそうに喋るのを、真奈美はたまりかねて遮った。

「そんなくだらない話なら帰ります」

激しい動揺のせいで声がふるえた。

「待って」

宮川が腕をつかんだ。

「離して！　やめて！」

「そんなにいやがることはないんじゃないの。電車の中でもしっかりイッちゃったじゃないよ。結城さんの、ていうか真奈美さんのアソコ、俺のこの指を咥えてピクピクしてたよ」

宮川が真奈美の顔の前で中指を立てて見せつける。

「いやッ、やめてッ。離してッ」

真奈美は激しくかぶりを振り、腕をつかんでいる宮川の手を振りほどこうと抗った。

「そんなことしていいのかな。あのとき俺と一緒に痴漢した仲間、真奈美さんがイク瞬間の顔とかアソコを弄られてるとことか、こっそり写真に撮ってんだよ」

「そんな――！」

真奈美は絶句した。ショックで頭から血が退いていくようだった。

「それ、あとで俺がもらったんだけど、もしそんな写真がネットなんかに流れちゃったりしたら、人妻でもあり母親でもある真奈美さん、困っちゃうんじゃないの」

「ひどい！ 脅迫するの⁉」

真奈美は声をふるわせて宮川を睨みつけた。

宮川はにやりと笑った。

「そんなことはしたくないけど、真奈美さんしだいってこと。真奈美さん、痴漢されても感じまくってたけど、俺のいうとおりになってくれれば、もっと愉しませてあげるよ。俺、真奈美さんのこと、初めて学校で見たときから気になってたんだ、タイプだから。ね、もうふつうの関係じゃないんだから、割り切って愉しもうよ」

いうなり真奈美を抱き寄せ、手をつかんで股間に押しつけた。

「いやッ、やめてッ」

真奈美の声はうわずった。宮川のズボン越しに強張りが手に触れて、ゾクッと軀がふるえたからだ。

宮川がキスしてきた。真奈美は顔を振って拒んだ。宮川の手が乳房をわしづかんだ。セーターとブラ越しでもその感覚が強く、息が詰まった。

やわやわと宮川の手が乳房を揉みたてる。否応なく生まれる甘いうずきに真奈美の息は乱れ、せつなさが喘ぎ声になった。

宮川は片方の手で乳房を揉みながら、一方の腕で真奈美の腰を引き寄せていた。そうやって股間の強張りを真奈美の下腹部にグイグイ押しつけてきているのだった。

そうしているうちに強張りがみるみる硬さと大きさを増してきた。それを押しつけられている真奈美はまるで淫らな注射を打たれているようで、どうしようもなく欲情してしまって全身がしどけなくなってきた。

宮川が真奈美のダウンのハーフコートを脱がした。真奈美は抵抗しなかった。抵抗する気力を失っていた。

ついで宮川は自分もブレザーを脱いだ。そして真奈美のセーターを引き上げようとする。

「いや……」

真奈美は小声を洩らして後退っただけで、されるがまま、後ろにあった低い跳び箱に腰かけるような格好になった。

3

黒いセーターを引き上げると、白いブラをつけた胸が現れた。繊細なレースがあしらわれたブラだった。

跳び箱に腰かけた格好の結城真奈美の前にひざまずくと、宮川はワクワクしながらブラを押し上げた。

生々しく弾んで乳房がこぼれ出ると同時に真奈美が「いやッ」と喘ぎ声を洩らして両手で膨らみを隠した。

宮川は立ち上がった。ズボンを脱ぎ、露骨に前が突き上がっている紺色のブリーフを真奈美に見せつけた。

真奈美は一瞬ブリーフの前に眼を奪われたが、すぐにあわてたようすで顔をそむけた。

「ほら見て」

宮川はブリーフに両手をかけてけしかけた。

真奈美が恐る恐るといったようすで向き直り、ブリーフの前を見た。どこか女優の松たか子に似た顔に、みるみる興奮の色が浮きたってきた。

宮川はゆっくりとブリーフを下げた。ビンビンにエレクトしたペニスが下向きになり、ブリーフから出ると同時にブルンと跳ねて下腹部を叩いた。

「あぁッ――！」

真奈美が昂った喘ぎ声を洩らした。

「なに？　人妻なのにペニスがそんなに珍しいの？」

宮川は笑って訊いた。

「いや……」

さらに興奮の色が強まって、そのため顔が強張って怒ったように見える表情でペニスを凝視したまま、真奈美が喉につかえたような声を洩らした。

宮川の勃起時のペニスは、太さも長さも標準サイズのほぼ三十パーセント増しの巨根だ。

これを見たときの女の反応ははっきり二つに分かれる。みるみる興奮するか怖じ気づくかのどちらかだ。

真奈美の場合、痴漢したときの印象では、明らかに興奮した感じだった。そのためさっきからペニスを押しつけたり見せつけたりしたのだが、宮川の想ったとおりだった。三十二歳の美形の人妻は興奮のあまり発情したような表情になってきている。

「ほら、俺も見せてあげてるんだから、真奈美さんもオッパイ見せてよ」

いって宮川が乳房を隠している手をどかそうとすると、「いや」と真奈美は口だけでいやがって両手をどけた。

あらわになった乳房は、サイズはふつうだがきれいな形をしている。ツンと突き出した赤褐色の乳首が熟れを感じさせた。

宮川は真奈美の前にひざまずき、身を乗り出して乳首に舌を這わせた。ふるえをおびた喘ぎ声を洩らして真奈美がのけぞる。両手で乳房を揉んだ。同時に乳首を舌でこねまわしたり口で吸いたてたりする。

真奈美がきれぎれに抑えた感じの喘ぎ声を洩らしながら、繰り返したまらなさそうにのけぞる。後ろにスチール製の棚があって、それにもたれる格好になっている。

真奈美の反応に、宮川は興奮を煽られて彼女の膝を割り開いた。黒いタイトスカートが太腿の付け根あたりまでずれ上がって、肌色のパンストの下に透けた白いショーツがちらっと見えたが、「いやッ」とうろたえた声と一緒に真奈美の手が股間を隠した。

宮川はスカートを強引に腰の上まで押し上げた。ついでまた両脚を無理やり開いた。

「いやッ、だめッ」

真奈美が両手で股間を隠したまま、やめてというような懇願する表情でかぶりを振る。

「手をどけて。じゃないと縛っちゃうよ。そのほうがやりやすいからそうしちゃおうかな」

「そんな、いや……」

あわてていって股間から手を離し、両手で乳房を隠して顔をそむけた。うろたえた表情をしている。

宮川の前に下着をつけた股間が露呈している。肌色のパンストの下に透けた白いショーツはブラとペアらしい。Tバックではなさそうだが両サイドが紐状のタイプだ。

恥骨にあたる部分のショーツがこんもりと盛り上がって、その下のかろうじて隠れているシークレットゾーンもふっくらと膨らんでいる。

いやでも生々しい想像をかきたてててペニスをうずかせるそこを視姦しながら、宮川はパンストの上からその下に潜んでいるクレバスを指でなぞった。

「ああッ……いやッ……あんッ……だめッ……」

繰り返しなぞっていると、真奈美がふるえ声を洩らして腰をもじつかせる。とりわけ指先がクリトリスのあたりに触れたときは反応が強く、腰をひくつかせている。

痴漢がやみつきになっている宮川にとって、こういう触り方は痴漢行為につながるところがあって、とりわけ刺戟的で興奮させられる。

下着越しにクレバスをなぞる指に、ぬめりのような感触が生まれてきた。人妻は指の動きに合わせて、たまらなさそうに腰をうねらせている。

「いやらしい腰つきだね。下着の上から指で弄られてるだけじゃたまらなくなってきたんじゃないの?」

その反応に気をよくして宮川が訊くと、真奈美は上気した顔に戸惑ったような表情を浮かべて、ちがうというように弱々しくかぶりを振る。

「じゃあ調べてみよう。ウソをついてたら、罰としてペニスをしゃぶってもらうよ。いいね?」

「そんな……」

うろたえる真奈美にかまわず、宮川はパンストとショーツを一緒にずり下げていき、抜き取った。ついで脚を押し開いた。

「いやッ、だめッ！」

真奈美が悲痛な感じの声を洩らした。手を縛るといったのが効いたのか、それともう抵抗してもどうにもならないとあきらめたのか、股間を隠そうとはせず、両手で顔を覆っている。

三十二歳の人妻の子供っぽい恥ずかしがり方と、あらわになっている秘苑の生々しさのアンバランスなところが、よけいに宮川の興奮を煽った。

黒々と、といってもきれいな逆三角形に生えたヘアの下の、肉厚な唇に似た襞の間は、すでに濡れ光っていた。

宮川は両肘で真奈美の内腿を押しひろげておいて、両手で肉びらを分けた。

「あッ、だめッ」

真奈美が怯えたような声を洩らして腰をもじつかせる。ぱっくりと口を開けた割れ目は蜜にまみれて、濡れ光っている。

「ほら、もうグショ濡れじゃないか。こんなに濡れてたら、弄られてるだけじゃたまらないはずだ。そうだよね」

いうなり宮川が膨れあがっているクリトリスを指先で突つくと、

「アン！」

驚いたような声と一緒に腰が跳ねた。

「さ、ウソをついた罰だ。しゃぶってもらおうか」

宮川は立ち上がると顔を覆っている真奈美の手に怒張を押しつけた。

「ああ、いや……」

真奈美がふるえ声を洩らした。

「この場所を考えたら、早くいうとおりにしたほうがいいんじゃないの」

宮川の脅しが効いたらしい。真奈美が顔からおずおず両手を離し、怯えたような表情で顔をそむけた。

その顔に、宮川はペニスをこすりつけた。

「い、いや……」

おぞましそうな表情を浮かべている顔を、宮川がペニスで撫でまわしているうち、みるみる興奮した表情に変わってきた。

そればかりか真奈美は興奮に酔ったようになって息を乱しはじめた。

宮川は真奈美の手を取ってペニスに導いた。

もはや人妻に拒む意思はないようだ。怒張に指をからめると、欲情した表情でそれを見つめ、唇を近づけてきた。

唇が亀頭に触れた。真奈美は眼をつむっている。唇の間から舌を覗かせて、ためらいがちに亀頭に這わせる。舌の動きが徐々にからんで戯れる感じになり、それにつれて顔の興奮の色がさらに強まってきた。

宮川がゾクゾクする快感に襲われながら見ていると、ついに真奈美の唇が亀頭を咥えた。

ゆっくりと顔を振って、生温かい口腔粘膜で巨根をしごく。といっても、しごいているのはペニス全体の半分ほどだ。大きすぎて、全部を咥え込むことはできないのだ。痴漢のほかに風俗店通いも趣味の宮川だが、風俗嬢でもめったにそれはできない。そのぶん、プロの彼女たちは巨根全体を熱っぽく、そしていやらしく舐めまわしてくれるのだ。

宮川は驚いた。なんと真奈美が風俗嬢たちと同じように巨根を舐めまわしはじめたからだ。

しかも興奮に酔いしれたようすで、まさに貪るように巨根全体を舐めまわしたり咥えてしごいたりを交互に繰り返している。

シロウトの人妻の風俗嬢にはないその凄艶さに宮川は圧倒され、興奮と欲情をかきたてられた。

「すごいな。しゃぶるの、大好きみたいだね」

うわずった声でいうと、ふと我に返ったように真奈美が眼を開け、ペニスから唇を離した。

「もう下の口にこれが欲しくてたまんないんじゃないの？」

巨根を揺すって宮川が訊くと、真奈美はそれに眼を奪われたまま、

「ああん……」

たまらなさそうな喘ぎ声を洩らして腰をくねらせた。

宮川は、跳び箱に座ってスチール製の棚にもたれている真奈美の両脚を抱え上げると、膝を立てた格好にして開いた。

宮川が訊いたとおりの気持ちになっているのだろう。真奈美は欲情に取り憑《つ》かれたような表情でされるがままになっている。

ペニスを手にすると宮川は、あからさまになっている肉びらを亀頭でまさぐった。クチュクチュと卑猥な音がたって、真奈美が悩ましい表情を浮かべてさきほ

ど同じようにたまらなさそうな喘ぎ声を洩らし、挿入を催促するように腰をうねらせる。

「欲しいんだろ？」

濡れてヌルヌルしている割れ目を亀頭でこすりながら宮川が訊くと、苦悶の表情で腰をうねらせながらウンウンうなずき返す。

「じゃあ『入れて』といってみろよ」

「いやッ……ああッ、もうだめッ、入れてッ」

かぶりを振りながら、たまりかねたようにいう。

美形の人妻を完全に征服した悦びと一緒に宮川は真奈美の中に押し入った。

巨根が蜜壺の奥まで収まりきると、やっと息がつけたような声を真奈美が洩らした。

宮川はゆっくりと抜き挿しした。痴漢したときにすでに指で味わっている真奈美の蜜壺は、ねっとりとからみついてくる感じといい、その膣壁にあるペニスをくすぐるような感触といい、まさに名器といっていい。

それを巨根で味わっていると、真奈美がこらえきれなくなったような声を洩らしはじめた。といっても場所を考えてか、あるいは元々そうなのか、派手ではなく抑えた声で、それがむしろ感じ入っているように聞こえて、なんとも悩ましい。

「真奈美さんのここ、痴漢したとき驚いたんだけど、名器だね。すごく気持ちいいよ。真奈美さんはどう?」

宮川が腰を使いながら訊くと、

「いいッ……ああッ、気持ちいぃッ……」

真奈美は快感に酔いしれたようすでうわごとのようにいう。

「よォし、もっと気持ちよくしてイキまくらせてやるよ」

宮川は真奈美を抱え上げた。前もって床に敷いておいたマットの上に一緒に倒れ込むと、攻めたてるように腰を律動させた。それに合わせて真奈美が感泣を洩らす……。

4

真奈美は宮川に教えられた彼が住んでいるマンションに向かっていた。

学校の体育用具を入れる倉庫の中で宮川に犯されてから二日後の日曜日の午後だった。

ただ、犯されたといえるのは初めのうちだけで、途中からはそれは当たらなかった。

とくにマットに移ってからはそうだった。夫とは比較にならないサイズのペニスと宮川の驚異的な持久力で、なんど絶頂に追いやられたかわからなかった。

その間には宮川に訊かれるまま、夫にもいったことがない卑猥なことを口にして――もっとも元々夫とのセックスではそういうことはないのだが――それで真奈美自身ますます興奮を煽られていた。そして、いろいろ体位を変えながらの行為の最後には、初めての失神まで経験させられたのだった。

そのあと宮川に、日曜日に部屋にくるよう求められた。真奈美は返事をしなかった。だが拒絶もしなかった。

それを見て宮川はそれ以上求めなかった。ニンマリした表情からして、拒絶しないのは応じるという答えだと判断したようだった。

真奈美がなぜ拒絶しなかったのかといえば、写真のことがあったからだった。痴漢されているとき撮られたという写真を、なんとしても宮川から取り返さなければいけないと思っていた。

そして、宮川が住んでいるマンションに向かっているいまも、そのためにいくのだと自分に言い聞かせていた。

ただ、そのためだけに……と思いながら、それでいて胸が高鳴っていた。

なぜ胸が高鳴っているのか、その理由が真奈美にはわかっていた。わかっていても真奈美自身認めたくはなかった。なぜなら一度セックスしただけで、宮川とのそれに魅了されてしまっていたからだった。

教えられたマンションの部屋の前に立ったとき、それまでも高鳴っていた胸の鼓動が最高潮に達して息苦しいほどになっていた。

インターフォンを押すと、ほとんどすぐにドアが開いた。そろそろ真奈美がくる頃だと思って、宮川は玄関付近にいたのかもしれない。

「いらっしゃい。入って」

真奈美を見ると、満面の笑みを浮かべていった。

自分でわかる強張った表情で、真奈美は黙って部屋に入った。

「狭苦しいとこだけど、どうぞ」

独身教師の部屋はワンルームだった。玄関を上がるとすべてが見渡せた。十畳ほどのスペースに教師らしい机や本箱のほかベッドなどの必要最低限の家具があり、その一画がキッチンになっていて、それなりに片づいてはいるが確かに狭苦しい。

「飲み物はなにがいい？　コーヒーなんかよりビールのほうがいいかな」

宮川が真奈美のコートを脱がしながら訊く。真奈美はコートの下にワンピースを着ていた。宮川のほうはグレーのジャージの上下という格好だった。

「結構です」

真奈美は毅然としていった。

「それよりわたしがここにきたのは、あなたがいってた写真を返してもらうためなの。返してちょうだい」

「ああ、写真のこと。あれ、ウソだよ。あの状況で写真なんて撮れないもの。でもああいわなきゃ、真奈美さんをものにできないと思ってさ」

笑って事も無げにいうなり宮川が抱きしめてきた。

「ひどいッ。いやッ」

真奈美は憤慨して身悶えた。

「怒ったの？」

宮川が顔を覗き込む。

「当然でしょ、だまされたんだから」

真奈美は憤慨して睨み返した。だが内心ホッとしていた。

「怒った顔もきれいだね」

「そんな……」

声がうわずった。下腹部に、宮川が早くも強張っているペニスを押しつけてきて、ゾクッと軀がふるえたからだ。

その瞬間、身構えが一気に崩れたのを、真奈美は感じた。

「教師なのに、どうして痴漢なんてするの？」

真奈美のほうから強張りに下腹部をこすりつけながら訊いた。

「どうしてって……ま、一言でいえば、あのスリルがたまんないってことかな」

一瞬驚いたようすを見せた宮川だが、笑いを含んだような口調でいった。

「あのときの、もう一人の痴漢は？」

「ああ、あれはネットの痴漢サイトで知り合った仲間。確かなことはわからないけど、大手企業に勤めてるらしい。人のことはいえないけど、痴漢が趣味の男って、けっこう堅い職業に就いてるのが多いんだよ」

真奈美は呆れながら訊いた。

「で、あの仲間と、たまたまわたしを見かけて痴漢したってこと？」

「そう。バレちゃってヤバイかなって思ったけど、そのときはシラを切って、仲間に助けてもらって逃げちゃえばいいと思って」

いいながら宮川がワンピースの背中のファスナーを下ろしていく。

「それだし俺、真奈美さんに一目惚れしちゃってたから、こういうチャンスはめったにないと思って……でも仲間の彼は、真奈美さんを見て、『やめとこう』っていってたんだよ。『痴漢させてくれるタイプじゃない』って。だからあのあと彼、『女は見かけによらないな』なんて驚いてたよ」

「ひどい……」

真奈美は恥ずかしさで顔が火照った。が、ゾクッとして、

「ああん……」

自分でも戸惑うような甘ったるい声が出て、身悶えた。ワンピースの開いたファスナーの間から宮川が手を入れて、指で背筋をヒップのあたりまで撫で下ろしたのだ。

「どう、感じちゃう?」

宮川が訊きながらその手をさらにヒップの側から下着の中に差し入れ、一気に股間にまで侵入させてきた。

「アンッ、だめッ」

「すごいや。もうビチョビチョじゃないの」

「いやッ、いわないでッ」

真奈美は全身が火になった。宮川のいうとおり、すでに蜜があふれ、彼の手を濡らしているのがわかった。

「おしゃぶり好きの真奈美さんは、もうしゃぶりたいんじゃないの」

宮川が真奈美の手を取り、いきり勃っている巨根に触させて訊く。真奈美はほとんど反射的にこっくりとうなずいた。

「よし。じゃあ二人とも脱いじゃおう」

いって宮川はジャージを手早く脱いでいく。真奈美も脱ぎはじめた。

早々と裸になって眼にするだけで軀がふるえる大きな肉棒を見せつけている宮川に、全部脱ぐようにいわれて真奈美も全裸になった。そして、求められるまま宮川の前にひざまずくと、怒張に指をからめて舌を這わせていった。太くて長い肉棒を貪るように咥えてしごいたり舐めまわしたりしながら、真奈美は思った。

（わたしがこんなにいやらしいなんて信じられない……でもたまんない、興奮しちゃう……)

興奮が軀中にひろがって、この軀をその肉棒で挿し貫かれたくてたまらなくなってきたとき、宮川が腰を引いた。目の前で生々しく脈動している肉棒に、真奈美が眼を奪われていると、

「こんどは俺が舐めてあげるよ」

いうと宮川は真奈美を抱いて立たせ、ベッドに押し倒した。

真奈美の貪るようなフェラチオの、まさにお返しとばかりに宮川がクリトリスをしゃぶり尽くさんばかりに舐めまわす。

興奮も欲情も高まっている真奈美はひとたまりもなかった。あっというまに絶頂に追い上げられて、よがり泣きながら腰を振りたてた。

宮川が押し入ってきた。膣を無理やり押し拡げられるような強烈な感覚。軀がふるえ、頭がクラクラする。強烈な感覚がしびれるような快感に変わって、感じ入った喘ぎ声になって真奈美の口を突いて出た。

肉棒がゆっくりと突き引きを繰り返す。

「ああいいッ……ああン、大きいッ……気持ちいいッ……」

快感を訴えながら、真奈美はそうせずにはいられず、自分から腰をうねらせて

いた。

この日の朝は自宅から出張先に向かうというので夫はいつもよりゆっくりしていた。

すでに孝志は学校にいって、夫は食卓で新聞を読み、真奈美はキッチンに立って朝食の後片付けをしていた。

宮川の部屋にいってから三日になる。今週の日曜日も彼の部屋で逢うことになっていた。

宮川とのセックスを思い出すとすぐに軀が熱くなる。そればかりか濡れてきてしまう。

いまもそうだった。

「困ったもんだな」

唐突に夫がいった。

真奈美はギクッとして、「え!?」と訊き返した。

「痴漢のグループが捕まったんだって。なかには小学校の教師もいたらしいよ。宮川公介《こうすけ》、二十六歳だって。最近はこういうのが多いんだよな」

夫がいうのを聞いて、真奈美はスーッと頭から血が引いて、洗いかけの皿を落としそうになった。

いきなり頭を殴打されたようなショックを受けて茫然としていた。胸の中でときめいていたものがゆっくりと消えていくのを感じながら。

淑女の裏顔

1

都心のホテルに行くために、峰尾尚人《みねおなおと》は地下鉄の最寄り駅からタクシーに乗った。

あの日と同じだな。それにあの日も雨だった……。

そう思ったとき、二カ月あまり前の〃あの日〃にタイムスリップしていくような感覚に見舞われた。

いま峰尾が取っている行動もこの日の天候も、そして行き先のFホテルも、あの日と同じだった。

もっともFホテルだけはたまたまというようなことではなく、そこを指定してきた沢崎沙希《さわざきさき》の特別な思いがあってのことにちがいなかった。

この日は数日前に梅雨入りしてから断続的に降っていた雨が、朝からしとしと降りつづいていた。

そして〝あの日〟も春の雨が降っていた。そのせいで日曜日の昼下がりにもかかわらず、ちょうど開花シーズンの桜も街も雨に濡れてひっそりとしていた。

ただ、タクシーの窓越しに街を眺めていた峰尾は、そのようすとは反対に胸が熱くときめいていた。前の日から何度もそうして、そのたびにそうなっていた沢崎沙希からの電話を、いまもまた思い返していたからだった。

それから二カ月あまりたったこの日、行動や天候だけでなく、峰尾の胸の中もそのときとほとんど同じだった。いや、いまはこのあとホテルの部屋でどんな展開が待っているかほぼ確信にちかい予想がつくぶん、それがなかった二カ月あまり前のときとは、胸のときめきはちがっていた。

いまのそれは、艶かしい思いと欲情の高まりからくるときめきだった。

そんなときめきを胸にタクシーの窓から雨に煙る街を見てタイムスリップしていくような感覚につつまれながら、峰尾は二カ月あまり前に起きた思いがけないことを思い出していた。

——そもそもことの起こりは一本の電話だった。

その日峰尾は定時をすぎても会社に居残って仕事をしていた。そのうちどうしても上司の沢崎伸司《しんじ》の許可を得なければならないことが生じて、有給休暇中の沢崎に電話をかけた。

ところが沢崎の携帯には電源が入っていなかった。そこで自宅の固定電話にかけた。夕方の六時ちかくだった。

すると電話には、沢崎の妻の沙希が出た。

「峰尾です。お久しぶりです」

「あら峰尾くん、ほんとにお久しぶりね。どうしたの?」

親しげな沙希の声につられて峰尾の気持ちは和んだ。

「部長、いらっしゃいますか」

峰尾が訊くと、え? と驚いたような沙希の小声が返ってきて、二三秒後、

「ああ、いいえ、いまちょっと出かけてて……あの、あとからかけ直させましょうか」

と沙希がなぜかひどく動揺している感じでいった。

「すみません、お休みのところを。できたらよろしくお願いします」

峰尾は詫びて電話を切った。

それから五分ほどして峰尾が所属する部署の電話が鳴った。残っているのは峰尾一人だった。

てっきり沢崎からだと思って電話に出ると、妻の沙希からだった。

「ごめんなさい。じつは事情があって沢崎は電話をかけられないの。峰尾くんの用件、当然急ぎなんでしょうけど、沢崎が明日出社してからではいけない?」

沢崎は二日間の有給休暇を取っていて、この日が二日目だった。

事情？　峰尾は訝《いぶか》りながらもいった。

「いえ、今日はもうこの時間ですし、わかりました、明日部長に伺います。じゃあ失礼しました」

「ちょっと待って」

峰尾が電話を切ろうとすると、沙希があわてていった。

「もうひとつ、わたしから峰尾くんにお願いがあるの。今日峰尾さんがうちに電話をかけてきたこと、それからわたしと話したこと、沢崎にはみんな内緒にしててほしいの。わけはあとでお話しするからお願い、わたしの頼みを聞いて」

「あ、はい、わかりました」

当惑しつつも峰尾はそう答えた。すると沙希の声が弾んだ。

「よかった。これが峰尾くんじゃなくてほかの人だったら、こんなことお願いできなかったわ。ありがとう」

そのとき沙希から求められてお互いの携帯電話の番号を教え合った。

これまでに峰尾と沙希は何度か会っていて、それなりに親しい間柄だったが携帯の番号は知らなかった。

峰尾が沙希と何度か会ったのは、いつも沢崎夫婦のディナーの席で、沢崎に呼ばれてご馳走になったのだった。

ただここ一年ほど、そういうことはなかった。電話のとき峰尾と沙希が「久しぶり」といい合ったのは、そのためだった。

峰尾尚人は、外資系コンサルタント会社に入って六年になる。二十七歳で独身だ。

上司の沢崎は峰尾が入社以来なにかと眼をかけてくれていた。現在四十二歳で、部長のポストに就いている。妻の沙希はK省のキャリアと呼ばれるエリート職員で、三十八歳。夫婦の間に子供はいない。

それぞれ仕事をばりばりやりながら、夫婦だけの自由で贅沢な生活を愉しんでいる。

沢崎と沙希を見ていると峰尾にはそう感じられて、理想的な夫婦だと思っていた。

そこには沢崎に対する羨望もあった。妻の沙希が峰尾好みのタイプだったからだ。

沙希から頼まれごとの電話があってから十日あまりたったある日――土曜日だった――、峰尾の携帯に沙希から電話がかかってきた。

会って話したいことがある、できれば明日、日曜日の午後二時、Fホテルのロビーにきてほしい、というのだった。

当然、峰尾は驚いた。同時に胸騒ぎをおぼえた。

わざわざ会って話したいこととは一体どんなことなのか。しかもホテルのロビーに呼ぶとは……。

ともあれ会って話を聞けばわかることだ。そう思って、わかりましたと峰尾は答えた。

この十日あまりの間、峰尾は沙希からの頼みごとを思い返すたびに胸がときめいていた。それがなにかわからないまま、それでいて沙希と秘密を共有しているような気持ちになっていたからだった。

翌日の日曜日、峰尾はFホテルにいった。指定された時刻より十分ほど前に着いてロビーにあるソファに座って待っていると、午後二時きっかりに携帯が鳴った。沙希からだった。

「いまどこ?」

沙希が訊いてきた。硬い口調だった。

「ロビーにいます」

「じゃあ——号室にきて」

「え!?……あ、はい、わかりました」

峰尾は驚き、妙に畏まった口調になった。一気に胸が高鳴ったからだった。

2

教えられた部屋の前に立ったとき、峰尾の胸はさらに激しく高鳴って息苦しいほどだった。

上司の妻とホテルの一室で会うのだ。しかもその上司はこれまで峰尾に眼をかけてよくしてくれている人で、その妻は峰尾自身憧れの気持ちを抱いている人なのだった。

胸の高鳴りは単純なものではなかった。背信の罪悪感と抑えがたい期待感が激しくせめぎ合ってのそれだった。

峰尾がチャイムを鳴らすと、すぐにドアが開いた。どうぞ、と沙希に硬い表情と口調でうながされて、峰尾は部屋に入った。

部屋はツインルームだった。沙希はだいぶ前にチェックインして部屋にきていたようだ。一角にある丸テーブルの上にワインクーラーに入ったワインの瓶や二つのグラスやチーズが乗った皿が置いてあった。

「先日はありがとう」

丸テーブルのそばで向き合って立ったまま、沙希が礼をいった。

「お願いを聞いてもらって助かったわ」

「あ、いえ、ぼくはなにも……」

沙希に頼まれたとおり電話の一件は沢崎には内緒にしていたが、助かったといわれても意味がわからず、峰尾は口ごもった。

するとと沙希がふっと苦笑した。

「そうよね。峰尾さんにしてみれば、なにがなんだかわからないわよね」

「ええまァ……」

峰尾も苦笑いした。

「それで今日はお礼もかねて、といってもご覧のとおりワインしかないけど、あの電話のとき峰尾さんに『わけはあとで話します』っていったそのわけをお話ししようと思ってきてもらったの」

どうぞ、というように沙希に椅子をすすめられて、峰尾は腰かけた。

沙希が向かいの椅子に座ってワインの瓶を取り上げた。

「これから話すのは、乾杯にふさわしいことじゃないけど、とりあえず乾杯しましょう」

いいながら栓を抜き、グラスにワインを注ぐ。スパーリングワインのようだった。

そのとき峰尾は、すでにワインの栓が抜かれていて、沙希がいくらか飲んでいるらしいことに気づいた。そのぶん瓶の中身が減っていたし、一つのグラスの底にわずかにワインが残っていた。

「ごめんなさい。そういう話だから、わたしお先に頂いてたの」

新しいグラスにつづいて使っていたグラスにもワインを満たすと、沙希はその自分のグラスを手にした。どうぞ、といわれて峰尾もグラスを手に取った。

沙希が峰尾を見て黙ってグラスを持ち上げた。峰尾はどぎまぎしながらそれにならい、沙希がワインを飲むのを見て自分も飲んだ。

どぎまぎしたのは、沙希の峰尾を見た眼つきがドキッとするほど艶めいて感じられたからだ。そんな眼つきを見たのは初めてだった。

峰尾がグラスのワインを半分ほど飲む間に沙希はグラスを空けた。アルコールはいける口だが、無理に酔おうとしているかのようだ。

それとこれから話すという話の内容となにか関係があるのか。そう思いながら峰尾もグラスを空けると沙希が二つのグラスにワインを満たし、グラスを口に運んだ。

この日は日曜日だが、沙希はいかにも役人らしいスーツを着ていた。グレーの上下に、上着の下に白いシャツ。それを見て峰尾はふと思った。夫の沢崎に、休日出勤だと偽って出てきたのかもしれない。とたんにスーツをまとっている沙希の軀がひどく生々しく見えてきた。まだなにもいけないことをしているわけでもないのに、上司の沢崎に対する罪悪感が胸をよぎったからだった。

沙希はプロポーションがいい。ほどよく肉がついている感じだが、服の上からでもその裸身は均整が取れているだろうことがわかる。

容貌は目元がやや腫れぼったい感じで、それが妙に色っぽく、鼻や唇の形は整っている。全体には美形というのではなく、個性的といったほうがいい。

そんな容貌もさることながら、軀つきも峰尾の好みだ。もともと峰尾は年上好みで、半年ほど前まで付き合っていた女も三つ年上だった。沙希はその女よりもはるか上の十一歳年上だが、峰尾に抵抗はまったくなかった。それどころか沙希の年齢も魅力だった。

峰尾の場合は年上好みというより熟女好みといったほうがいい。それも熟れた女体が好きなのだ。といっても実際に熟女を相手にした経験はなかった。インターネットのアダルト動画などを見るしかなかった。

峰尾が沙希をちらちら見ながらワインを飲んでいると、沙希がまたグラスを開けた。そしてテーブルの上に空のグラスを置くと、両手を添えてそれを硬い表情で見つめたまま、

「あのとき、沢崎はウソをついてたの。わたしにも会社にも」

感情を押し殺したような表情と口調でいった。

「え!? どういうことですか」

峰尾は驚いて訊いた。

「わたしには出張、会社には有給休暇といってたの。あのとき峰尾さんが電話をかけてくれなかったら、わたしは騙されたままだったのよ」

「そんな……部長がどうしてそんなことを……」

「お、ん、な」

一語ずつ区切って沙希がいった。

「まさか! 部長にかぎってそれはないんじゃないですか」

峰尾は思わず声を高めた。

「わたしも最初はそう思ったわ。でも調べてみたら、そのまさかだったの」

さっきからうつむいて話している沙希が、そのままそういうと黙った。

峰尾はかける言葉がなかった。沙希の沈黙に引きずられるように黙っていた。

沢崎に女がいたなんて、信じられなかった。沢崎の誠実な人柄と峰尾にとって理想的に見えていた沙希との夫婦関係を思うと、とても考えられなかった。

そのとき沙希が立ち上がった。うつむいたまま思い詰めたような表情で、

「峰尾さん、わたしと不倫して」

いきなり思いがけないことをいった。

「奥さん……」

峰尾は声がうわずった。一瞬聞きまちがいかと思った。唖然呆然という状態だった。

「わたしも不倫しなきゃ、気がすまないの」

いいながら沙希がテーブルをまわって峰尾のそばにくると、手を取った。峰尾はつられるように立ち上がった。

「わたしとじゃいや？」

向き合うと、沙希が燃えるような眼で峰尾を見て訊く。その眼に引き込まれて峰尾は思考が停止した。いま起きていること、目の前にある状態しか頭になかった。それで素直に正直に、いやじゃありません、とかぶりを振った。

一瞬沙希の表情が輝いたように見えた。

「ありがとう。じゃあ峰尾さんも脱いで……」

沙希がスーツの上着を脱ぎながらいった。

峰尾も脱ぎはじめた。沙希が脱ぐのを見ながら脱いでいるうちにようやく、沢崎に対する罪悪感に襲われた。だが一緒に異様な興奮にも襲われた。まるで罪悪感が〝火に油〟の油になっているかのようだった。

沙希が下着姿になったとき、峰尾のペニスは早くもいきり勃っていた。ローズレッドのブラ。そして肌色のパンストの下に透けているブラとペアらしいショーツ。その煽情的な色の下着で、ほどよく肉がついた、色っぽく熟れた色白の裸身が、たまらなく艶かしく見えた。

沙希が前屈みになってパンストを脱いでいく。その仕種を見て、いきり勃っているペニスがうずいてひくついた。峰尾のほうはブリーフだけになっていた。パンストを脱いだ沙希が、明らかに興奮しているとわかる表情で露骨に盛り上がっているブリーフの前を見つめたまま、両手を背中にまわしてブラホックを外しブラを取った。

峰尾は眼を見張った。沙希が胸を隠そうとしなかったからではなく、あらわになっている乳房の形のよさにだ。それは適度にボリュームがあって、きれいなお碗型を描いている。赤褐色の乳暈が小さめなのに対して乳首は大きめだが見るからに感じやすそうだ。

「わたしの軀、少しは色っぽい？」

沙希が峰尾のブリーフの前を見つめたまま訊いた。

「少しどころか、めちゃくちゃ色っぽいですよ」

思わず気負って峰尾はいった。

「うれしいわ。若い峰尾くんからそういわれたらお世辞でも……」

いいながら沙希が両腕を峰尾の首にまわしてきた。

初めて沙希の肌を、とりわけ乳房のふくらみをを生々しく感じて、峰尾の興奮は一気に跳ね上がり、さらにカッと全身が熱くなった。そのまま沙希が腰をくねらせて、峰尾の強張りに下腹部をこすりつけてきたのだ。もっとも峰尾がそう感じただけで、沙希にしたら強張りを下腹部に感じてひとりでに腰がうごめいているのかもしれなかった。そう感じさせる、ぎこちない動きだった。

「でも沢崎にいわせたら、わたしって、セックスのときもセクシーじゃないんですって」

沙希が峰尾の耳元でうわずった声でいう。

「というか、乱れるのを自制してるみたいなところがあって、沢崎にしてみたら愉しめないいんですって。そんなことをいわれたの初めてだから、ショックだったわ。でも冷静になって考えてみたら、わたし自身そうかもしれないって思えてきて、ますますショックを受けてしまって……で、どうしようもなくて、こうするしかなかったの」

沙希の手が峰尾の下腹部に這ってきて、ブリーフ越しに強張りを撫でる。

「自分からこんなことをするなんて、いままでになかったことだけど、いままでにないわたしになってみたい、なってみようと思って……。峰尾くん、こんなはしたないことをするわたしって、いや？」

「いやなんて、そんなことまったくないですよ。それどころか好きです」

峰尾は強調していった。

「わたしがどんないやらしいことをしたり乱れたりしても？」

「ええ。ますます奥さんが好きになっちゃいます」

ふたりは顔を見合わせた。沙希のほうからキスにきて、唇が合うとすぐにたがいに舌をからめ合い、情熱的で濃厚なキスになった。

3

――情事のあとのベッドの中での話でわかったことだが、沙希は峰尾との例の電話のあとで夫の素行調査を探偵事務所に依頼したらしい。それもその前に女の直感で夫のようすに異変を感じていたので、峰尾の電話ですぐに浮気のことが頭に浮かんだようだ。

調査はわずか一週間ほどで結果が出て、沙希の直感は的中していた。沢崎には愛人がいたのだ。二十八歳の独身の女で、有名航空会社のキャビンアテンダントだった。ふたりの関係はすでに半年あまり前からつづいていたらしい。

それを聞いたとき峰尾は、沢崎夫婦の関係にその前から異変が生じていて、それとここ一年ちかく峰尾が夫婦のディナーに呼ばれていないことと関係があったのかもしれないと思った。

それよりも峰尾が興味深かったのは、沢崎の不倫がわかったあと夫婦の間で交わされた話の内容だった。とりわけ話がセックスにまでおよんだときのそれだ。

その前に峰尾と抱き合っているとき沙希がいったことの、さらに詳しい話になるのだが、沢崎は沙希とのセックスに不満を持っていたらしい。沙希にはセックスを愉しもうという気がない。あるところで自分を抑えてしまい、だから乱れることがない。沢崎が求める行為も恥ずかしがったりいやがったりして拒むことが多い。そんな不満を沢崎は沙希にぶちまけたらしい。

ところが沙希のほうはそこまで思っても考えてもいなかった。ただ、いわれて初めて否定しきれないことに気づき、強いショックを受けた。どうしていいかわからず、途方に暮れるほどに。

そのとき沙希の頭に浮かんできたのは、それまでの自分のセックスをすっかり変えてしまいたいという衝動的な思いだった。

初めて不倫をすることになったこのとき峰尾はまだ沙希のそこまでの胸のうちを知らなかったが、そういう思いがあったからだろう。立ったまま抱き合って濃厚なキスをしたあと、沙希が峰尾の前にひざまずいた。昂った表情で露骨に突き上がっているブリーフの前を見つめたまま、

「こんなことするの、初めて……」

そういいながらブリーフに両手をかけるとずり下げた。その瞬間ブルンと弾ん

で肉棒が跳び出して、「アァッ」と沙希が喘いだ。

「すごい……」

ふるえ声でいって肉棒を手にすると、峰尾を見上げて、

「わたし、上手な仕方、知らないの。峰尾くん教えて」

「え？　ぼくは奥さんにおしゃぶりしてもらうってだけで大興奮なんですけど、でもじゃあとりあえずしてみてください。気がついたことがあったらいいますから」

沙希はうなずくと、亀頭に舌をからめてきた。ちろちろっと舐めてすぐに怒張を咥え、顔を振ってしごく。

それを見て峰尾は、ねっとりとした舐め方とか咥える前にペニス全体を舐めまわすとかしてほしい気にもなったが、沙希にペニスを咥えられてしごかれているというだけで充分だった。興奮で軀がふるえそうだった。

それでもふと、奥さんはいままでの自分を変えたいんだ、いやらしくしたいんだと思い直していった。

「それでときどき、ペニス全体を美味しいものをしゃぶるみたいに舐めまわしてみてください」

沙希が怒張から口を離して峰尾を見上げた。

「美味しいもの？」

恥ずかしそうな笑みを浮かべて訊く。

「そうです。思いきりいやらしく舐めまわしてください」

「そんなこと、できるかしら」

自信なさそうにいって怒張に舌を這わせ、からめるようにしてなぞっていく。

「そう、上手ですよ。ああ気持ちいい。その調子で舐めまわしたり咥えてしごいたりして……」

峰尾のいうとおりに沙希がする。するうち舐め方もしごき方も熱をおびて、その顔に興奮に酔っているような表情が浮かんできた。さらにせつなげな鼻声さえ洩らしはじめた。

「すごい、すごい上手ですよ奥さん」

峰尾は快感で声がうわずった。

褒められて気をよくしてか、それにますます興奮してか、沙希が夢中になってしゃぶりしごく。

「ああ、でもそんないやらしいおしゃぶりされたら、ぼくのほうが我慢できなくなっちゃいますよ」

峰尾はたまらず逃げ腰になった。そういってすぐ、本当に危うくなって腰を引いた。沙希の口から滑り出た怒張が大きく跳ねて、

「アアッ！」

沙希が昂った喘ぎ声を洩らした。

「じゃあこんどはベッドで、ぼくに奥さんを舐めさせてください」

昂った表情で息を乱している沙希を、峰尾はそういってベッドに上げた。仰向けに寝かせると、ドキドキゾクゾクしながらショーツを脱がせていった。

沙希はされるがままになっている。峰尾が両脚を開かせると、さすがに恥ずかしそうに顔をそむけたが秘苑を隠そうとはしない。

あからさまになっている秘苑に見入った峰尾は驚いた。三十八歳の人妻の秘苑にしては意外なほどきれいで、さらにいえばみずみずしくさえ見えたからだ。

こんもりとした肉丘に、淡い陰毛が手入れされてそうなっているようすもなく整った逆三角形に生えて、その下に貝の舌を想わせる、ツルリとした赤褐色の肉びらが合わさっている。見るかぎり、それなりに使いこなされてきたというには程遠い感じだった。

そこも熟した感じの熟女らしい秘苑を期待していた峰尾にとってはいささか残念ではあったが、目の前に横たわっている裸身は峰尾の期待を裏切らなかった。熟れた女体ならではの匂いたつような色気をたたえていた。

峰尾が両手で肉びらを分けると、あらわになったピンク色の粘膜はもう女蜜をたたえて濡れ光っていた。そのままクリトリスを露出させると、性器の形状に似て、肉芽も小振りでみずみずしい感じだった。

その肉芽を峰尾は舌ですくい上げた。

「アンッ――!」

沙希が弾むような声と一緒に腰をヒクつかた。

感度はわるくなさそうだ。それどころか感じやすいほうだろうと思いながら、峰尾は肉芽を舌でこすったりこねたり弾いたりした。沙希の反応を窺いながら、舌の動きや刺戟に強弱をつけて。

そうするうち、沙希の反応に妙な感じがあるのに気づいた。ある程度快感が高まってきたところからそれ以上感じるのを必死にこらえようとしているようすが見受けられるのだ。それが苦しげな表情や声に出ていて、乱れるのを恐れているような感じだった。

峰尾は思った。——こういうことか、『乱れるのを自制してるみたいなところがある』と夫からいわれたというのは。

「奥さん、気持ちよくなるのを我慢しちゃったらだめですよ。我慢してたら、いままでとちがう奥さんにはなれませんよ。さ、どんどん感じてどんどん気持ちよくなって、色っぽい声を聞かせてください」

峰尾はけしかけるようにいって、またクリトリスに舌を使った。

すると峰尾の言葉が効いたか、沙希の反応が少しずつそれまでとはちがってきた。快感に身をまかせているかのように軀をうねらせたりくねらせたりしながら、初めて感泣に似た喘ぎ声を洩らしはじめたのだ。

小振りなクリトリスが勃って、一回り大きくなっていた。峰尾は沙希の横に添い寝する体勢を取ると、指でクリトリスをなぶった。

「ほらクリトリス、もうビンビンですよ」

「アアだめッ、だめになっちゃう……」

沙希が怯えたようにいう。

「気持ちいいんでしょ？」

峰尾の問いかけに悩ましい表情で強くうなずき返す。コリッとしている肉芽を指でこねまわしながら峰尾はけしかけた。

「いいからだめになっちゃってください」

その一言で我慢の糸が切れたように、「アアいいッ」と沙希は快感を口にした。

「いいのッ、たまンないッ、ホントに、ホントにだめになっちゃう」

「だめになっていいんですよ。感じてる奥さんって、ステキですよ。イッちゃったらもっとステキになりますよ。ほらイッちゃってください」

峰尾が指でクリトリスを攻めたてながら、さらにけしかけ暗示にかけるようなことをいっていると、

「アアッ、もうだめッ……アアン、イクッ――」

呻くようにいうなり沙希が苦悶の表情を浮かべてのけぞった。そのまま、

「イクイク、イクーッ!」

ふるえをおびた泣き声で絶頂を訴えながら軀をわななかせた。

4

達して興奮さめやらない表情で息を弾ませている沙希に、峰尾はシックスナイ

ンを持ちかけた。すると沙希は躊躇するようすを見せた。

訊けば、シックスナインなんて最後にいつしたか忘れたほどしていないという。沙希自身そういう変わった行為には抵抗があって、結婚した当初は夫に求められて何度かいやいや応じたものの、その後は拒んで応じなくなり、それで夫もあきらめたのか求めなくなったらしい。

驚いたことにシックスナインだけでなく、体位も正常位以外は苦手で、あるときから夫にほかの体位を求められると拒んできたという。

どうしてそうなのか、峰尾は訊いてみた。すると沙希は恥ずかしいからいやなのだといった。

それならセックスのほかの行為も同じではないかと峰尾が訊くと、それはそうだけどとくにシックスナインや変わった体位はいやなのだという。

結局、峰尾としてはよくわからないまま、このときだけは沢崎が気の毒になって同情したものだった。

ただ、躊躇はしたものの、沙希はシックスナインに応じた。自分のセックスを変えたいという思いがあったからだろう、峰尾がうながすまま上になると、ペニスを手にした。

峰尾は顔の真上にある肉びらを両手で分けてクリトリスを舌でこねた。沙希が昂った喘ぎ声を洩らしてペニスを手でしごく。が、シックスナインに抵抗があったからか、戸惑っている感じで手つきもぎこちない。

それでも自分のセックスを変えたいという思いにくわえて直前にクリトリスでイッていたことがあったために、抵抗感や自制心は消えていったのかもしれない。峰尾の攻めたてるようなクンニリングスに、沙希は感じ入ったような声を洩らしはじめたかと思うと峰尾に対抗するように怒張を舐めまわしたり咥えてしごいたりしだした。それも峰尾の舌でかきたてられる快感をそのまま受け止めたように身悶えながら。

そんな沙希がふたたび昇りつめるのに時間はかからなかった。咥えていられなくなった怒張を手にして泣き声で絶頂を訴えながら軀をわななかせた。

ぐったりとなった沙希のむっちりとした尻を峰尾が両手で撫でていると、沙希がゆっくり軀をずらして起き上がり、峰尾のほうを向いた。

「こんなことというの、初めて。ね、わたしが上になっていい？」

息を乱しながら興奮が浮きたった凄艶な表情でいう。

「もちろんいいですよ。騎乗位も久しぶりなんじゃないですか」

「そう。恥ずかしいし、なんだか緊張しちゃうわ」

そういいながらもその表情にはときめきの色がさしていた。

沙希は峰尾の腰を片膝を立てた格好でまたいで怒張を手にした。峰尾が顔を起こして見ていると、屈み込んで亀頭を肉びらの間に当てがってこすりつけ、ヌルッと秘口に収めた。同時に顔を上げた沙希が悩ましい表情で喘いだ。

そのまま、ゆっくりと腰を落としていく。それにつれて生温かい女蜜をたたえた膣に怒張が滑り込んでいって、峰尾を身ぶるいする快感が襲う。

「アーッ……」

腰を落としきると、沙希がのけぞって感じ入ったような声を放った。そして焦点が定まらないような眼で峰尾を見て、ゆっくり腰を浮かせ、また下ろす。それを恐る恐るといったようすで二度三度繰り返し、膣へのペニスの収まり具合をよくすると、前後に小さく腰を振りはじめた。

「奥さんが一番気持ちよくなるように腰を使ってください。大胆に、思いきりいやらしく。それでぼくも興奮しちゃうし、気持ちよくなりますから」

ぎこちない腰の動きを見て峰尾はけしかけた。すると沙希の動きが変わった。クイクイ律動しはじめた。

「アアッ、グリグリこすれてるッ、いいッ、アアン気持ちいいッ……」

亀頭と子宮口がこすれ合ってわき上がる快感がたまらないらしく、ふるえ声でいう。それに快感に対して貪欲になってきたらしく、腰の律動が速まり激しくなってきた。

峰尾は両手を伸ばしてきれいな形の乳房をとらえて揉んだ。それが引き金になったか、沙希が一気に昇りつめ、のけぞって絶頂のふるえをわきたてた。

そして峰尾の上に倒れ込んでくると、そのままなおも腰を律動させながら、

「ああ～、わたし、どんどんいやらしくなっちゃいそう……でもいいッ、いいのッ、こんなの初めて……」

昂ってうわずった声でうわごとのようにいう。

その耳元で峰尾は吹き込んだ。

「もっともっといやらしくなっていいんですよ。このあとバックでもして、奥さんがもっといやらしくなれるようにやりまくっちゃいましょう」

「ああ峰尾くん、いっぱいしてッ」

感動したようにいうと沙希のほうからキスしてきた。貪るように舌をからめてきながら、これまでで一番艶かしいような鼻声を洩らす沙希に煽られて、峰尾は

沙希の尻肉を両手でつかむと腰を突き上げていった。

5

あの日とはちがって、この日はホテルに着くと峰尾はまっすぐ沙希に教えられた部屋に向かった。

部屋番号もあの日と同じだった。そこに沙希の思い入れが感じられて、峰尾の胸は期待で高鳴っていた。

この二カ月あまり、沙希とは音信不通だった。あの日、沙希はもう沢崎との離婚を決心していて、離婚が成立するまでは面倒になることは避けようと考えたのだろう。逢うことはもちろん連絡も取り合わないことにしようと峰尾に話し、峰尾はそう約束させられていたのだ。

沙希から峰尾に久々の電話があったのは、昨日のことだった。

峰尾の胸はときめいた。もうあれっきり沙希とは逢えないのではないかという懸念がつのってきていたからだ。

それに沙希から電話がある一週間ほど前、峰尾は仕事のあと沢崎にバーに誘われて、「まだ公にはしていないんだけど、きみにだけは話しておいたほうがいいと思ってね」と切り出されて、沙希と離婚したことを沢崎本人から聞いていた。

そのとき峰尾はいささか大袈裟に驚くという臭い芝居を打った。というのも沢崎夫婦の離婚は関係ないにしても、沙希とのことで沢崎に対して罪悪感を抱いていたからだった。

ホテルの部屋の前に立つと、峰尾は大きく息を吸って吐き出した。胸の高鳴りを鎮めてチャイムを鳴らすと、あの日と同じようにすぐにドアが開き、沙希が立っていた。この日も沙希はスーツを着ていた。

「どうぞ」

「失礼します」

短く言葉を交わして峰尾は部屋に入った。

「なんだかホテルの部屋にきたっていうより知ってる家の部屋に入ったって感じだな」

室内を見まわして、思わず峰尾はつぶやいた。

「あの日のことを思い出したからでしょ」

沙希が艶かしい笑みを浮かべていった。図星だった。

「ええ。あれからずっと思い出してたからよけいに……」

「わたしもよ。あの日のことが忘れられなくて、早く峰尾さんに逢いたいと思ってたわ」

そういって沙希が峰尾に寄り添ってきた。

「奥さん——!」

いうなり峰尾は沙希を抱きしめた。

「もう奥さんじゃないわよ」

沙希がうわずった声でいった。離婚のことは電話のとき峰尾は沙希からも聞いていた。

「そうですね。なんて呼べばいいですか」

「沙希でいいわ」

「じゃあ沙希さん……」

いって峰尾は沙希の顔を見つめた。沙希も見返した。ふたりの眼が求め合い、唇が合わさった。すぐにたがいの熱情がからみ合うような濃厚なキスになった。

沙希がせつなげな鼻声を洩らして腰をくねらせる。早くもズボンの前を突き上げている峰尾の強張りを感じてのことらしい。

そう想った直後、峰尾は驚いた。ただ腰をくねらせているだけでなく、そうやって下腹部を峰尾の強張りにこすりつけてきているのに気づいたからだ。初めてのときも抱き合っているとき沙希は同じような反応を見せたが、あのときとはまったくちがっていた。いまは明らかに意思を持って下腹部を峰尾の強張りにこすりつけてきていた。それも沙希自身その感触を愉しむのと一緒に峰尾を挑発するような感じで。

「驚いたな、沙希さんがこんないやらしい腰つきをするなんて」

「そうね、わたしもそう思うわ。わたしがこんないやらしいことができるようになったの、峰尾くんのおかげよ。わたし、峰尾くんには感謝してるわ。今日はあの日峰尾くんがいってたみたいに、大胆にいやらしくなって、思いきり愉しみましょ」

興奮が浮きたって思わず見とれるほど艶かしい表情で沙希がいう。峰尾も興奮していった。

「いいですね。だけど沙希さんがそんなことをいうなんて、なんだかまだ信じられないっていうか、夢でも見てるみたいですよ」

「そうかも……でもそれは峰尾くんがわたしのこと、まだよく知らないからよ」

沙希が秘密めかしていった。

「知らないって、どういうことです？」

「この前わたしがいったこと、セックスの体位や前戯のことで恥ずかしいからいやだとかなんとか、あんなこと聞いたら峰尾くん、わたしのこと、セックスに興味もなにもなくて、むしろセックスが好きじゃないんじゃないかって思ったんじゃない？」

沙希がスーツを脱ぎながら、それを見て服を脱ぎはじめた峰尾に訊く。

「そこまでは……でも沙希さんの気持ちがよくわからなかったのは確かです」

「でしょうね。でも本当はそうじゃないの。というかまったく反対で、性にめざめた頃からわたし、すごくセックスに興味があって、いろいろなことを想像するいやらしい子だったのよ。それでいて表向きは人一倍真面目にしてて、実際周囲からもそう見られてて、だからわたし、いやらしい自分を隠すしかなかったの。というよりも本当はいやらしいんだってこと、まちがっても誰かに知られてはいけないという強迫観念みたいな気持ちが生まれて、それがいつのまにか当然のことのように思えるようになって、気がついてみたらこの歳まできてしまったって感じ。そんなわたしのいやらしさを閉じ込めていた蓋を、沢崎と峰尾くんが開けてくれたってわけなの」

「部長が？」

「ええ。沢崎が不倫しなかったら、わたし峰尾くんとこんなことにはならなかったでしょ」

思わせぶりな表情でいってスカートを脱いで下着姿になった沙希を見て、峰尾は眼を見張った。思わず口笛を吹いた。

沙希がつけているのは、深紅のブラとショーツ、それに同じ色のガーターベルトで黒いストッキングを吊った、とびきり煽情的なスタイルの下着なのだ。

その下着が変身した沙希の思いをそのまま表しているようだった。

「すごい！　いいなァ。すごいセクシーですよ」

興奮のあまり、峰尾の声はうわずった。

「ありがとう。一度こういう下着をつけてみたかったの。峰尾くんがそんなに喜んで興奮してくれてうれしいわ」

沙希が色っぽい眼つきで峰尾を見ていい、ブリーフの前に手を伸ばすと、露骨な盛り上がりを指先でスッと刷いた。ゾクッとして峰尾が苦笑いすると、

「峰尾くん、若いから何度もできるでしょ」

と思わせぶりな笑みを浮かべて訊く。セックスが可能な回数のことをいっているのだ。

「何度もってのはちょっと……でも何回かなら……」

苦笑いしたまま峰尾はいった。

「ずっと我慢してたから、わたしもう限界なの。峰尾くんだって、いまカノジョはいないっていってたから、そうでしょ」

カノジョがいないことは、峰尾は初めて寝た日ベッドのなかで沙希に話していた。

「ええ、ぼくももう我慢の限界です」

正直にいうと、沙希がブラを外しながら、

「すぐに一度したいんだけど、いけない？」

これ以上ないような艶かしい表情で訊く。欲情が顔に浮かんできているための艶かしさだった。

「ぼくもしたいです」

「わたし、立ったままでしたってことないんだけど、どう？」

「いいですね。せっかくセクシーな下着をつけてるんだから、そうしましょう」

沙希は最初からそれを考えていたのかもしれない。そう思いながら峰尾はいっ
て、室内を見まわした。立位に適当な場所といえば窓辺だった。
峰尾は沙希をうながして窓辺に連れていった。そのときオッと驚きの声をあげ
た。初めてショーツがTバックなのに気づいたのだ。
「Tバックじゃないですか。たまらないなァ」
いやらしいほどにむっちりとしてまろやかな尻のまるみがあらわな、深紅のT
バックショーツをつけたヒップに欲情をかきたてられながら、峰尾はブリーフを
脱ぎ捨てると、沙希を窓に向かって両手をつかせ、ヒップを突き出させた。
みずから立位を求めただけに、沙希は犯してくださいといわんばかりにぐっと
尻を突き出して挑発的な体勢を取った。
その後ろに立って峰尾は怒張を手にした。
「沙希さん、このいやらしい格好、めっちゃ興奮しますよ」
そういって怒張で尻朶を叩くと、
「アアン、そんな……」
沙希が嬌声をあげてヒップをくねらせる。
峰尾はTバックショーツの尻朶の間に分け入っている紐に指をかけて横にずら

した。尻の割れ目があらわになって、生々しい秘唇が露呈した。

秘唇の間を亀頭でまさぐった。そこはもうヌルヌルするほど濡れていた。そのままクレバスを亀頭でこすっていると、クチュクチュと濡れた音がたって、沙希がたまらなさそうな喘ぎ声を洩らして身をくねらせる。

「アアンだめッ。焦らしちゃいやッ。入れてッ」

ふるえ声で懇願する。

ストレートな要求に煽られて、峰尾は亀頭でクレバスをなぶりながら訊いた。

「何を入れてほしいの？」

「峰尾くんの、その硬いペニス」

「じゃあこれをどこに入れてほしいのかいって。沙希さんいやらしい人だから、いやらしい言い方知ってるでしょ」

「そんな……ああ、峰尾くんのペニス、オ×××に入れてッ」

沙希が昂った声で卑猥なことをいうのを聞いて、峰尾は煽情されて押し入った。ヌルーッと怒張が蜜壺に滑り込んでいくと、沙希が感じ入ったような呻き声を放ってのけぞった。

峰尾は緩やかに腰を使った。沙希がきれぎれに艶めいた喘ぎ声を洩らす。

窓の外で降りつづいている雨が眼にとまって、峰尾はふと思った。――やまない雨はないというけれど、沙希さんと俺の関係も、部長のことを考えたら、そうそうつづけてはいられないだろう。せいぜい梅雨が上がる頃までか。それまでこの熟女の美味しい軀をたっぷり味わわせてもらおう……。

そのとき、しとしと降りつづいている雨のように、沙希が感泣するような声を洩らしはじめた。

熟女願望

1

配達の途中、R公園の出入口の脇にある駐車場にバイクを駐めて、伊部孝也《いべたかや》はそばのベンチに腰を下ろした。

午後一時をまわったところだった。この時間帯、杉野美弥子《すぎのみやこ》の家には彼女しかいないはずだった。

初夏にしては真夏を想わせるような強い陽差しが照りつけていた。

伊部は手の甲で額の汗を拭いながら、制服のポケットから携帯電話を取り出した。さすがに緊張していた。携帯に登録している杉野美弥子の自宅の電話番号を表示して、電話をかけた。

「はい、杉野です」

数回の呼び出し音のあと、澄んだ女の声が出た。

「奥さんですか？」

伊部は訊いた。

「そうですけど、どなたですか？」

伊部の声が緊張していたからか、杉野美弥子の声が警戒する感じに変わった。

伊部は深呼吸してから切り出した。

「奥さん知ってますか、奥さんのエッチシーンがインターネットに流れてるの」

「え!?　……なんなんですか、いきなり……そんなヘンなこと、失礼じゃないですか。かけまちがいでしょ」

杉野美弥子は驚きの声を発したあと、憤慨した口調でいった。必死にシラを切ろうとするあまりか、その口調に憤慨だけでなく動揺も感じられた。

（やっぱ、本人だったんだ！）

伊部は興奮した。

「かけまちがいじゃないですよ。俺、前から奥さんを見てて、いいなァ、色っぽいなァって、憧れてたんです。だからネットで奥さんを見たときは、ていうか、黒縁の眼鏡かけてたから最初は似てるなァって感じだったけど、口元の色っぽいホクロも同じだし、何回も見てるうちにやっぱり奥さんだとわかって、そのときはもうビックリなんてもんじゃなかったですよ。ひっくり返っちゃいましたよ」

「やめて！」

突然、美弥子が悲痛な声をあげた。

「あなたがなにをいってるのか、わたしにはまったくわからないわ。迷惑よ。こんなひどいいたずらはやめて」

感情的にいうなり電話を切った。ガチャと音がした。

伊部はすぐにかけ直した。美弥子はまだ電話器のそばにいるはずだが、呼び出し音が鳴っていても出ない。伊部が辛抱強く待っていると、ようやく送受器が上がった。

美弥子は黙っている。伊部は訊いた。

「奥さん、ネットに流れてる自分のエッチシーン見てないの？」

「なにをいってるの。見るわけないでしょ。そんなもの、わたしとは関係ないし、あなたが勝手に勘違いしてるだけなんだから」

美弥子が必死に感情を抑えているような口調でいった。

関係は大ありで、勘違いではなく事実だが、見ていないというのはおそらく本当だろうと伊部は思った。

「そうですか。だったら仕方ないな。こんなことしたくはないんだけど、どうしても認めたくないっていうんだったら、奥さんのエッチシーン、ダンナさんにも見てもらっちゃうけど、それでもいいですか」

「そんな！　脅迫するの!?　あなた誰？　誰なの？」

美弥子は感情をあらわにいいつのった。

この反応は、まさにインターネットに流れているセックスシーンが自分のものだと認めたも同然だった。

「だからいったでしょ？　俺だって本当はこんなことしたくないんですよ」

伊部は熱っぽく話しかけた。

「俺、奥さんのこと好きだから、困らせたり苦しめたりしたくないんですよ。奥さんがあんなエッチシーンを撮影させたのは、欲求不満を解消するためだったみたいだけど、最初は信じられなかったし、すごいショックだった。でもだからって嫌いにはならなかった、ていうか、奥さんがほかの男とやってるとこ見たら妬《や》けてたまんなかったけど、俺、奥さんみたいな熟女が好きだから、奥さんの裸も、セックスしてるとこも、見ててめっちゃ興奮しちゃって……で、それまで憧れてるだけで遠い存在だった奥さんが、近くて親しい感じに思えてきたんだ。それに正直いうと、ほかの男にあんなエッチシーン撮らせるんなら、俺にもやらせてくれたっていいだろうって思ったんだ。それも脅迫とか無理やりとかじゃなくて、合意の上で。俺、奥さんと仲良くしたいんだ。仲良くエッチを愉しみたいんだ。ね、俺の気持ちわかってよ」

話しているうちに、伊部のそれまでの丁寧な言葉づかいは馴れ馴れしいそれに変わっていた。

美弥子はなにもいわない。黙っている。

伊部は沈黙の意味を測りかねた。美弥子の胸のうちがわからないまま、計画していたことを口にした。

「明日のこの時間、午後一時にR公園の噴水のそばで待ってるからきてよ。R公園、わかるよね？」

美弥子はなおも黙っている。R公園は彼女の自宅からそう遠くない場所にある大きな公園だから知らないはずはない。

「ただし、それはないとは思うけど、変な考えを起こして俺にいやなことをさせるようなまねはしないでよ」

伊部は念押しした。

どう思っているのか、美弥子は依然として黙ったままだ。

「じゃあ明日待ってるからね」

伊部はそういうと電話を切った。

2

ちょうど一週間前のことだった。

その夜、伊部孝也はワンルームマンションの自室でパソコンに向かって、アダルトサイトを覗いていた。

伊部がアダルトサイトで見るのは、いつも〝熟女もの〟に決まっていて、暇さえあればその種のコーナーを覗いては気に入ったものをダウンロードして、マスターベーションのオカズにしていた。

伊部は二十三歳で独身だ。職業は郵便局の配達員。恋人や交際相手は、半年ほど前まで付き合っていた彼女と別れて以来いない。

別れた彼女は同い年の看護師で、別れ話を切り出したのは彼女のほうだった。形としては伊部のほうが捨てられた恰好だが、伊部にはそういう思いはなく、あっさりと別れ話に応じた。それというのも伊部自身、彼女との関係に飽きていたからだった。

彼女のことはもともと性欲の捌け口として都合がよかったというだけで、それほど魅力を感じていたわけではなかった。彼女にしてもそういう伊部の胸のうちが見えてきていたのかもしれない。

ただ、伊部は容易に恋人をつくることができるタイプではない。性欲の捌け口を失ったのは残念だった。

それでもあっさりと彼女の別れ話に応じたのは、彼女とのセックスにもあまり燃えなくなってきていたからだった。

伊部自身、その原因はわかっていた。それはインターネットのアダルトサイトで見はじめた熟女ものの〈無修正動画〉だった。これにたちまちハマッて、熟女の魅力の虜になってしまったのだ。

素人の熟女たちの軀は、ＡＶ女優や同じ素人でも若い女たちのように均整が取れていてピチピチしているわけではない。なかにはプロポーションのいい熟女もいるにはいるが、それでもどこか軀の線が崩れている。

伊部にとってはそこがいいのだ。崩れかけた軀の線……ピチピチはしていないがいかにも脂が乗った感じの滑らかそうな肌……なによりそんな全身から漂う濃厚な色気……若い女にはない、そして熟女にしかないそういうところが、伊部にはたまらなくいいのだ。欲情をそそられるのだ。

そうなると同い年の彼女とのセックスがどんどんつまらなくなってきたのだった。

そもそも伊部が熟女ものの〈無修正動画〉を見はじめたのは、自分が担当している郵便物の配達区域に住んでいるある人妻に魅せられて、憧れるようになってからだった。

その人妻は、口元のホクロが色っぽくて、優しげな顔立ちをしていた。年齢は三十代後半の感じで、プロポーションもよかった。

そして、人妻の家に配達する郵便物や、家のようすを観察しているうちに、家族構成や家族の名前もわかってきた。

人妻の名前は、杉野美弥子。家族は夫と娘の三人。夫の杉野達郎《たつろう》は見るからに真面目で堅そうな感じの勤め人で、娘の彩香は中学生だった。

伊部は〈無修正動画〉を見ているときも、そしてそれを見ながらマスターベーションしているときも、痴態を繰り広げている熟女と杉野美弥子を重ね合わせて見ていた。

そのうち映像や妄想だけでは満たされなくなって、熟女専門の風俗店に通うようになった。プロの熟女を体験しているうちに伊部の中で素人の熟女、杉野美弥子への思いはますます募っていった。

そんなとき——ちょうど一週間前の夜——信じられないようなことが起きたのだ。

いつものようにインターネットのアダルトサイトを見ていた伊部は、原田由紀《はらだゆき》という名前の熟女の動画に眼が釘付けになった。

まさか！　ありえないと思った。

それでもすぐにその動画をダウンロードして、再生して食い入るように見た。

原田由紀という熟女の動画も、〝素人モノ〟という触れ込みによくあるパターンで進行していた。最初にインタビュー、つぎにオナニー、そして本番……という流れだ。

原田由紀という名前はもちろん偽名にちがいないが、インタビューに彼女はつぎのように答えていた。

年齢は三十八歳。結婚して十三年。子供が一人。夫とは一年以上前からセックスレス。撮影に応じたのは、欲求不満の解消……。

彼女は初めから終わりまで黒縁のセルの眼鏡をかけていた。眼鏡を外した顔を想像すると、杉野美弥子そっくりだった。なにより美弥子と同じ口元に色っぽいホクロがあった。

あの奥さんが……信じられない……でも似てる、そっくりだ……やっぱ、まちがいない！

文字どおり無修正の生々しい動画を何度も繰り返し見ているうちに、伊部の疑惑は確信に変わっていった。

それと同時にどうしようもないほど興奮をかきたてられて、何度もマスターベーションせずにはいられなかった。それというのも色っぽい雰囲気があるにはあるけれど、優しげで上品な顔だちのあの奥さんが、いくら男に指示されたにしても、ここまでいやらしくなれるものなのかとその落差の大きさに驚かされて、よけいに興奮を煽られたからだった。

あの奥さんの中にも、まるでヤリマンみたいな、あんないやらしいところがあるんだ。だったら俺にもやらせてほしいし、やらせてくれるんじゃないか。

伊部はそう思った。

どうしたらやらせてもらえるか。その方法は考えるまでもなかった。動画をネタにすればいい。そうは思ったものの、根っからのワルではない伊部にとって脅迫や強請《ゆすり》はためらわれた。

その一方で日に日に欲望がつのってきて、伊部は考えた。こうなったらもうやれるとこまでやってやろう。ヤバいと思ったらそこでやめてもいい。

そう思ってやっと踏ん切りがついた。

3

ウィークデーのこの日、伊部は体調不良を理由に仕事を休み、杉野美弥子に指定した午後一時より一時間ちかく早く、R公園にいった。

まずそれはないだろうと思いながらも、かりに杉野美弥子が警察に訴えた場合を想定して、彼女と会う前に周辺を見ていようと考えたのだ。

最初、伊部は杉野美弥子をホテルに呼び出して部屋に連れ込むことも考えた。だがそれは、最悪のケースを想定すると、事前にまわりをチェックすることも、さらに部屋に入った場合は逃げ出すこともできず、リスクが大きすぎた。それで公園という場所を選んだのだった。

また、彼女と会う時刻は、できれば夜のほうがよかった。だが、専業主婦の彼女が夜外出するのはむずかしいだろうと思い、仕方なく昼間呼び出すことにしたのだった。

あともう一つ問題があった。それは杉野美弥子が伊部の顔を見て、郵便配達人だと気づくかどうか、ということだった。

だが、心配はないだろうと判断した。伊部の記憶では、いままで彼女とまともに顔を合わせたことはなかった。ちらっとぐらいなら見られたことはあるかもしれないが、配達中はヘルメットを被っている。そのときの顔とふだんの顔がすぐに一致するようなことはないはずだと思った。

それでも伊部は緊張しきっていた。初夏の陽差しが照りつける公園の中を歩いて見回っていると、時間が経つに連れて胸が苦しくなるほど緊張感が高まってきていた。

当然だった。一つまちがえば犯罪になるのだ。それはないはずだと思いながらも、いざとなると最悪のケースが何度となく頭をよぎった。

伊部は腕時計を見た。これまで数えきれないほどの回数、時計を見ていたが、ようやく一時になろうとしていた。

伊部は木陰から噴水のある広場を見ていた。公園には四方に出入口があって、杉野美弥子がどの方向からくるかわからなかった。

緊張感がピークに達して吐き気に襲われていた。

一時を五分すぎ、さらに十分すぎた。だが杉野美弥子は現れない。

無視するつもりか？　伊部はじりじりしながら思った。苛立っているうちに緊張感のほうは多少薄らいできていた。

そのとき、白いパラソルをさした女が広場に現れた。

ドキッとした。杉野美弥子だった。硬い表情で周りを見ながら噴水に近づいていく彼女を凝視したまま、伊部は手にしていた缶コーヒーを飲み干すと、そっと足元の草むらに捨て、その場を離れた。

杉野美弥子にヤバイ付き添いがいないことを確かめなければならなかった。伊部は広場の周りを急いで見てまわった。

ウィークデーの昼下りなので園内の人影はまばらだった。それも広場と噴水の近くに集まっているので、不審な者がいればすぐに眼につく。幸い付き添いの姿はなかった。

伊部は自分に気合を入れて広場に出ていった。すぐに杉野美弥子は近づいてくる伊部に気づき、うろたえた表情になった。彼女は黒い半袖のワンピースを着ていた。

伊部はそばにいって笑いかけた。

「奥さん、きてくれたんですね」

緊張は隠せず、笑いかけたつもりが顔は引き攣り、声がうわずった。

「あなた、どうしてわたしのことを……」

美弥子が強張った表情で伊部を睨んでいった。

「前から見てて、好きだったんです。いまはそれだけしかいえません。奥さん、ついてきてください」

伊部はそういって歩き出した。

「どこへ?」

背後から美弥子が不安そうな声で訊いた。

「人目につかないほうがいいでしょ？」

伊部が振り返り、秘密めかした笑いを浮かべていうと、人妻はうろたえた表情になった。

伊部が美弥子を連れていったのは、事前に下見して見つけておいた、ちょうど人の背丈ほどの樹木に囲まれている場所だった。その中ほどには巨木が立っていた。

巨木の陰で、伊部は美弥子と向き合った。美弥子はパラソルを畳んでいた。

伊部は美弥子に近寄った。美弥子が怯えと緊張が交錯したような表情であとずさって巨木を背にした。伊部がそうさせたのだ。

「ここなら人目につかない」

いうなり伊部は両手で人妻の両肩をつかんで巨木に押しつけた。

「いやッ、やめてッ」

美弥子が日傘を落とし、小声でいって両手で伊部を必死に押しやろうとする。

伊部はキスしようとした。

「いやッ」

美弥子は激しく顔を振って拒んだ。

「大人しくしたほうがいいんじゃないの、奥さん。こんなことしてたら人目につ
いちゃうよ。そうなったら、エッチ動画のことがあるんだから困るのは奥さんの
ほうだよ」

伊部の脅しに、ハッとしたようすで美弥子は抵抗をやめた。伊部は片方の手で
ワンピースの上からバストをわしづかんだ。

「いやッ」

うわずった声でいって美弥子が両手で伊部の手を拒もうとする。が、伊部の脅
しが効いているのか、強い力ではない。伊部は胸のふくらみを揉みたてた。

美弥子が表情を歪めてのけぞる。伊部が〈アダルト動画〉で見た彼女の乳房は、
スリムな軀つきながら量感があって形もきれいだった。それを感じさせる乳房を
揉みつづけていると、

「ああッ、だめ……」

美弥子がこらえきれなくなったような喘ぎ声を洩らしていった。

伊部は人妻の唇を奪った。

美弥子は呻いて逃れようとした。が、乳房を揉みたてられているせいか、逃れ
られない。

伊部は舌を差し入れようとした。美弥子は唇を締めつけて拒んだ。が、それも一瞬だった。ふっと唇の締めつけが解け、伊部の舌を受け入れた。

からめていこうとする伊部の舌を、美弥子の舌が押しやる。伊部はさっきから勃起していた。それを美弥子の下腹部にぐいぐい押しつけた。すると、伊部を押しやろうとしている彼女の両手からも舌からも力が抜けた。そればかりか、伊部が舌をからめていくと、おずおずと彼女も舌をからめてきた。

いいぞ、その調子だ。伊部が胸の中で快哉《かいさい》の声を上げたとき、

「うふん……」

人妻がせつなげな鼻声を洩らして腰をもじつかせた。

伊部は驚いた。それ以上に興奮を煽られた。美弥子はただ腰をもじつかせただけではなかった。さらに下腹部を伊部の強張りにこすりつけてきていた。彼女も興奮してその気になってきたのだ。その証拠に舌も熱っぽくからめてきている。

伊部は唇を離した。美弥子はうつむいた。明らかに興奮のためとわかる強張った表情で息を弾ませている。

伊部はズボンのチャックを下ろしてブリーフから怒張を取り出した。美弥子の

手を取って怒張に導くと、彼女はいやがらず、それどころかじんわりと握り締めてきた。

やっぱり夫とはセックスレスなのか。セックスビデオに出たときみたいに、また欲求不満なのかも……。

そう思って伊部は気をよくしながら、ワンピースの裾から手を入れた。パンスト越しに太腿を撫で上げてヒップのまるみを撫でまわし、さらに手を前にまわして股間をまさぐった。

〈セックス動画〉で見た美弥子の秘苑は、スリムな軀つきをしているせいか、いやらしいほど露骨に盛り上がっていたが、下着越しにまさぐっていてもはっきりとそれが感じ取れて、伊部の欲情をかきたてた。

伊部は手をパンストの上から強引に下着の中に差し入れた。

いやッ、と美弥子が小声を洩らした。いやがっているというより恥ずかしがっているだけという感じで、されるがままになっている。

伊部は秘苑をまさぐった。これも〈セックス動画〉で見た、どちらかといえば濃密な部類の陰毛と、ビチョッとした粘膜が手に触れた。

「すげえな、奥さん。もうビチョビチョじゃないかよ」

胸に顔を埋めてきている美弥子の耳元で伊部は囁き、ヌルヌルしている肉びらの間を指でこすった。

「あッ……だめッ……あン、いやッ……あぁッ……」

美弥子はせつなげな小声を洩らしながら、そして手にしているペニスを繰り返し握り直しながら、たまらなさそうに腰を振る。

4

伊部は美弥子のクレバスを指でこすりながら、前開きになっているワンピースのボタンを外していった。

人妻にもう抵抗の意思はない。それよりもかきたてられる快感に夢中になっているようだ。息を乱しながら腰を小刻みに振っている。

ワンピースの胸元が開くと、白いブラをつけた胸が現れた。伊部はブラカップを引き下げた。乳房がこぼれ出た。

白くて見るからに滑らかそうな肌がまぶしい。ネットで見たのと同じ量感があってきれいな形をしている乳房を、伊部は揉んだ。同時に濃い赤褐色をして突き出している乳首を指先でくすぐった。

さすがに若い女の乳房のような弾力はないが、そのぶん手に吸いついてくるようなしっとりとした感触があって気持ちいい。

そのとき、クレバスと乳房を嬲られて必死に快感をこらえているようなようすを見せていた美弥子がたまりかねたような喘ぎ声を洩らした。

「だめッ。ああッ、もう……」

息せききっていうと伊部にしがみついてきた。興奮と欲情を抑えきれなくなったようだ。

「奥さん、ビデオでやってたみたいにいやらしくしゃぶってよ」

伊部はそういって美弥子の肩を両手で押さえた。

美弥子はいやがらず、草むらの上にひざまずいた。いきり勃っているペニスを前にすると、興奮しきった凄艶な表情で凝視したまま、それに両手を添えて唇を寄せてきた。

彼女の場合、人妻とはいっても結婚生活でのセックスには恵まれていなかったのだろう。そのためフェラチオにしてもテクニックといえるようなものはなかったらしい。ビデオの中のフェラチオシーンでは、男からあれこれ指示されてフェラチオしていた。

ところが彼女のフェラチオには初々しさといやらしさの両方があって、これがなかなかの見ものだった。

ビデオに撮られているとき教えられたフェラチオのテクニックを思い出してそうしているのか、そのときと同じように美弥子はただペニスをくわえてしごくだけでなく、繰り返しペニスを口から出していやらしく舐めまわしている。

「奥さん、いいよ。めっちゃ気持ちいい。だけどいまもし人がきて、奥さんがいやらしくしゃぶってるのを見たら、ぶったまげちゃうだろうな」

身ぶるいするような快感をこらえながら、伊部が調子に乗っていうと、美弥子がうろたえたようすでペニスから口を離した。伊部を見上げ、「いやッ」と怒ったような表情でいうと、またペニスをくわえて、というよりしゃぶりつく感じでくわえ、夢中になってしごく。

こんなところを人に見られたら、というスリルで興奮をかきたてられているようすだ。そしてそう仕向けた伊部のことを恨めしく思ってか、攻めたてるような激しいフェラチオをしかけてくる。しかもせつなげな鼻声を洩らして声でも伊部の興奮を煽りながら。

早々に伊部は快感を我慢できなくなって腰を引いた。ツルッと口から滑り出たペニスが大きく弾み、美弥子が喘ぎ声を洩らした。唾液にまみれていきり勃っているペニスを凝視しているその顔は、欲情しきっている感じだ。

伊部は美弥子を抱えて立たせた。巨木にもたれさせて、こんどは伊部のほうがその前にひざまずくと、両手でワンピースの裾を持ち上げていった。腰から下が露出して、肌色のパンストの下に白いショーツが透けて見えた。

「ほら、持ってて」

持ち上げているワンピースを、そういって両手で持たせようとすると、美弥子はいわれたとおりにした。

伊部はパンストに両手をかけた。ゾクゾクしながら下ろしていく。美弥子が恥ずかしそうに腰をくねらせる。パンストと一緒にショーツもむき下ろしていくと、彼女の〈セックス動画〉を繰り返し見て脳裏に焼きついている秘苑があらわになった。

伊部は生唾を呑み込んだ。生えている範囲はそれほど広くないが、黒々と繁って逆毛立っているヘア……もっこりと露骨に盛り上がっている恥丘……その下にわずかに覗いている、色も形もいかにも熟している感じの肉びら……。

手でヘアを撫でながら、伊部は美弥子を見上げた。彼女は顔をそむけて、周りを警戒するように視線を泳がせている。その表情は、伊部の行為をいやがっている感じではない。緊張と興奮が交錯しているような感じだ。

伊部は両手で秘苑を押し上げるようにして分けた。

「いやッ」

美弥子がふるえ声を洩らして腰をくねらせた。羞恥がこもった声だった。

いやらしい唇を連想させる形状の、やや黒みがかった肉びらがぱっくりと口を開けて、肉びらの色とは対照的な鮮やかなピンク色の粘膜が露出している。

その、蜜にまみれた粘膜の上端に覗いている肉芽に、伊部は指を這わせた。ヒクッと腰が跳ね、

「アッ――!」

美弥子が鋭く小さく喘いだ。

伊部は指で肉芽をこねた。同時に膣口も指で嬲った。

美弥子が腰をもじつかせて、きれぎれに怯えたような感じの小声の喘ぎを洩らす。

伊部の指先がまるく撫でまわしている肉芽がみるみる膨れあがってきて、かす

かに濡れた音が立っている膣口は喘ぐような収縮を繰り返している。

快感を我慢できなくなったように、美弥子が腰を小さく前後に振りはじめた。

伊部は膣口に指を挿し入れた。ヌル～ッと、熱い蜜をたたえた粘膜の中に指が滑り込む。

美弥子が軀を硬直させた。伊部の指が収まると、達したような、ふるえをおびた喘ぎ声を洩らして腰を律動させた。

熱く潤んだ蜜壺は、ねっとりとしていて、いかにも熟女のそれという感じだ。

伊部は指でクリトリスと蜜壺の中をこねた。蜜壺のほうはこねるだけでなく、抽送もした。

「アアッ、そんなの……だめッ……」

過敏なクリトリスと膣を同時になぶられると、うろたえるほど感じるらしい。

そんな表情で美弥子がいって腰をもじつかせる。伊部が攻めつづけていると、息遣いが荒くなって、たまらなさそうな、いやらしい腰つきになってきた。

「ダメッ、もうダメッ！」

美弥子が切迫した声でいった。

伊部が見上げると、両腕で胸をかき抱いて、興奮と怯えが入り交じったような表情をしている。

――と、膣がピクピク痙攣した。伊部は攻めたてるように指を抜き挿しした。

「アアッ、ダメッ、イクッ、イクイクッ！」

呻くようにいいながら、美弥子はガクガク腰を振りたてた。

達した美弥子は、荒い息をしながら巨木にもたれていても立っていられないような状態だった。

伊部は美弥子を草むらの上に仰向けに寝かせた。

「もし人がきたら、すぐになんでもないふりができるようにしておかなきゃ……」

自分に言い聞かせるようにいいながら、膝のあたりまで下がっている美弥子の下着をバックベルト付きの白いサンダルと一緒に脱がせ、素足にまたサンダルを履かせた。こうしておけば、セックスの最中に万一人がきて、逃げ出さなければならなくなったときも心配ない。

だが伊部のほうは脱ぐわけにはいかない。すぐに引き上げられるようにズボンとブリーフを太腿のあたりまで下げると、美弥子のワンピースをめくって下半身を露出させ、脚を開かせて腰を入れた。

「いや、こんなとこで……」

美弥子が顔をむけていった。いやがっているようすはない。それどころか欲情しているとわかる凄艶な顔をしている。こんなところでセックスすることに、興奮を煽られているようだ。

伊部はペニスを手に、亀頭でクレバスをまさぐった。ヌルヌルしている感触で、ゾクゾクする快感に襲われる。

美弥子が悩ましい表情を浮かべて腰をうねらせる。早く入れて、ともどかしがっているような表情と腰つきが伊部の興奮と欲情を煽った。

伊部は押し入った。ペニスが蜜壷に滑り込むと同時に美弥子が苦悶の表情を浮かべてのけぞった。

えもいわれぬほど気持ちいい粘膜に包み込まれているペニスから背筋へ、身ぶるいするような快感が這い上がってきた。

「ううん……」

美弥子がもどかしそうな声を洩らして催促するように腰をうねらせる。その粘りのある、いやらしい腰つきと、ペニスにねっとりとからみついてくる蜜壷の感触は、まさに熟女だ。

伊部はペニスを抜き挿しした。

美弥子が悩ましい表情を浮かべて繰り返しのけぞる。必死に声をこらえている
ようすだ。

それを見て伊部はレイプしているような気持ちになって興奮を煽られ、激しく
突きたてていった。

5

杉野美弥子とR公園で関係を持ってから二日後の日曜日だった。

伊部は自室があるマンションの近くの喫茶店で美弥子を待っていた。

二日前、公園で行為を終えたあと伊部が〈セックス動画〉のことを訊くと、美弥子は電話でもいっていたとおり、自分では見ていないといった。家には夫と娘が使っているパソコンがあって、インターネットにも接続しているらしいが、美弥子自身はパソコンを使ったこともないらしい。

そこで伊部は「俺の部屋にくれば見せてあげるよ」といって美弥子を誘った。

彼女は返事をしなかったが拒絶もしなかった。

それを伊部は誘いに応じる答えだと勝手に見做し、会う日時と場所を二日後の日曜日の午後二時、伊部の部屋があるマンションの近くの喫茶店に決めて、彼女にそういったのだ。

そのときも美弥子の反応はなかった。だが伊部は、彼女は必ずくると確信していた。それというのも、彼女についてはまだ不可解なこともあったが、彼女が公園で見せた反応はとてもいやがっていたとは思えない、それどころか本気でよがっていたとしか思えないものがあったからだった。

果たして伊部の確信は当たっていた。美弥子はほとんど二時ちょうどに喫茶店に入ってきた。

伊部とテーブルを挟んで椅子に腰かけた彼女は硬い表情をしていた。が、初めて会った二日前ほどではなかった。

「ありがとう」

伊部は笑いかけた。美弥子は『え？』というような怪訝を顔をした。

「きてくれて」

伊部がいうと、当惑したような表情でうつむいた。

そこへウエイトレスがきた。美弥子はコーヒーを頼んだ。

「コーヒーを飲んだらすぐに俺の部屋にいこう、時間がもったいないから」

ウエイトレスが去るのを待って伊部は思わせぶりにいった。美弥子は恥ずかしそうなようすを見せたがすぐに表情を引き締めて、

「だったら、もうあなたのことも教えて」

といった。

部屋にいったら伊部もそうするつもりだったが、思い直して自己紹介した。名前や年齢につづいて、職業は郵便配達だといったとき、なぜ伊部が自分のことを知っていたのかわかったからかもしれない、美弥子は唖然とした表情をした。

そこへコーヒーがきた。伊部はまたウエイトレスが去るのを待っていった。

「奥さんも、もう教えてくれてもいいんじゃないの、どうしてエッチビデオに出ちゃったのか。ビデオではダンナとセックスレスで、欲求不満だからっていってたけど、それだけじゃないんじゃないの？」

「どうして？」

「奥さんて、欲求不満ていうだけであんなビデオに出るようなタイプじゃないって俺は思ったし、だったらほかになにか特別な理由があるんじゃないかと思って……」

「タイプじゃないって、どういうこと?」

美弥子がコーヒーを一口飲んでから、カップをソーサーにもどしながら訊く。

「俺、奥さんのこと、真面目で堅そうなタイプだと思ってたから……」

「それは、あなたがまだ若くて、女を見る眼がないからよ」

美弥子が初めてかすかに笑っていった。自嘲の笑いのようだった。

「じゃあ失望したでしょ? こんなにいやらしい女だったのかって、本当のわたしのことがわかって。それなのにどうして放っておいてくれなかったの?」

「失望なんてしなかったし、それどころか、いやらしい奥さんがますます好きになっちゃったからだよ」

「そんな……」

美弥子は戸惑ったような表情を見せて口ごもり、コーヒーを飲んだ。

「わたし、あなたに、伊部くんに一つだけ約束してもらいたいことがあるの。約束してくれたら、できるだけ伊部くんのいうとおりにするわ」

人妻が真剣な表情でいった。いうとおりにするという言葉に、内心快哉をあげながら伊部は訊いた。

「約束ってなに?」

「わたしとのことは、絶対に誰にも秘密にすること。そして、わたしの家庭にはいっさい干渉しないこと。これだけはなにがあっても守ってほしいの」

「わかった。そんなこと、簡単なことだよ」

伊部は弾んだ声でいってレシートを手にした。じゃあいこう、と美弥子を促して立ち上がると、彼女も席を立った。いままでにない、艶めいたような表情で。


ワンルームの部屋の真ん中に立って二人は抱き合い、濃厚なキスを交わした。

伊部の分身は早くも勃って美弥子の下腹部に突き当たっていた。それを感じてか、彼女がせつなげな鼻声を洩らして腰をくねらせる。

この日の美弥子は花柄のノースリーブのブラウスに白いフレアースカートという格好だった。

そのスカートの上から伊部が両手でヒップのまるみを撫でていると、彼女のほうから伊部の股間をまさぐってきた。

伊部は驚いて唇を離した。美弥子も早くも興奮しきった表情をしている。ブラウスのボタンを外そうとする伊部の手を、彼女が制した。

「自分で脱ぐわ。伊部くんも脱いで」

そういって美弥子はブラウスのボタンを外していく。伊部も手早く脱いでいった。ブリーフも脱いで素っ裸になった。

「すごい……」

美弥子がうわずった声を洩らした。勃起しているペニスを凝視したまま、黒いブラを外していく。

今日の美弥子の下着はショーツも黒で、色白の肌がよけいに艶かしく見えている。彼女もショーツまで脱いで全裸になった。

美弥子の裸をナマで見るのは、伊部にとって初めてだった。

スリムでプロポーションはいいが、それは三十代後半にしてはということで、さすがに若い女とはちがう。よく見ると軀の線も微妙に崩れ、肌の張りもなんとなく衰えているのがビデオよりもよくわかる。

伊部にとってはそれがいいのだ。熟した〝おんな〟が滲み出ていて、濃厚な色気がむんむん匂いたっている。

その裸身に眼を奪われていると、美弥子が伊部の前にひざまずいた。フェチラオをしてくれようとしている彼女を、伊部はあわてて制した。

「フェラはあとでたっぷりやってもらうよ。その前に肝心のいいものを見せてあげるよ」

そういうと美弥子をベッドに上げて座らせ、そばの机の上からノートパソコンを引っ張ってきた。

彼女を後ろから抱く格好でその前にパソコンを置くと、キーボードを叩いて彼女が出ている〈セックス動画〉の入っているファイルを開き、映像をスタートさせた。

美弥子は黙ってディスプレイを見ている。ディスプレイに黒縁の眼鏡をかけた女、原田由紀が現れた。緊張した表情でソファに座っている。最初のインタビューがはじまるところだった。

「全編はあとでゆっくり見ることにして、いいシーンに飛んじゃうよ」

伊部は映像を早送りして、適当なところで再生にした。

「いや……」

美弥子が恥ずかしそうな声を洩らした。それでもディスプレイを見つづけている。

ディスプレイに映っているのは、原田由紀こと美弥子がベッドに仰向けに寝て両脚をM字状にして開き、指でオナニーをしているシーンだった。

カメラは彼女の指がクリトリスをこねまわしているのをアップでとらえたり、本気でオナニーしてよがっている彼女の全身を写したりしている。

「これを見たとき、マジに眼を疑っちゃったよ。だって俺、奥さんのことを想ってマスかいたりしてたのに、その奥さんがオナニーしてんだもの、ホント、ぶっ飛んじゃったよ」

そういいながら美弥子の両脚を画像と同じようにM字型に開かせていく伊部に、彼女は「いや」と喘ぐような声を洩らしただけでされるがままになっている。

画面では、美弥子がオナニーをつづけながら勃起したペニスを舐めまわしている。

伊部は片方の手で乳房を揉みながら、一方の手を美弥子の股間に這わせた。肉びらの間はもうまるで失禁したかのように濡れている。クリトリスを指先にとらえてまるくこねた。

美弥子の感じた喘ぎ声が二重奏を奏ではじめた。画面ではファックシーンに突入して、彼女が声を上げているからだった。

「ほら、すごいだろ?」

「ああッ、いやッ……ああン、いやらしい、だめェ……」

美弥子がたまらなさそうな声を上げてかぶりを振る。画面には彼女の性器にずっぽりと収まったペニスがピストン運動しているところがアップで映っている。

「奥さん、この眼鏡、よく似合ってるけど、向こうが用意してたの?」

伊部が乳房とクリトリスを嬲りながら訊くと、美弥子はうなずいた。クイクイ腰を前後させている。

「眼鏡もいいな。こんど、眼鏡をかけてやってみようよ」

いうなり伊部は指を蜜壷に挿し入れた。美弥子が呻いてのけぞった。感じ入ったような声だった。

「だけど奥さん、よほど欲求不満だったみたいだね。この腰使いなんて、めっちゃいやらしくてたまんないよ」

伊部が蜜壺を指でこねながら、騎乗位で夢中になって腰を振っている画面の美弥子を見ていうと、

「さっき、伊部くんいってたけど、わたしがビデオに撮られたの、それだけじゃないの。きっかけは欲求不満だったんだけど、わたしにとってはもっと深刻な理由があったの」

美弥子がうわずった声でいった。

「深刻な理由?」

「ええ。わたし、自分を壊してしまいたかったの」

美弥子は妙なことをいった。

「壊すって?」

「これでもわたし、伊部くんがいってたとおり、真面目で堅かったの。夫とセックスレスになっても、初めのうちは信頼し合って気持ちで繋がってさえいれば、欲求不満で悩むなんてありえないと思ってたのよ。それがまちがいだった。頭で考えることと、軀で感じることとのちがいというか、徐々にそれを思い知らされることになって、欲求不満で悩むなんてありえないどころか苦しめられるようになっていたの。しかもそんな自分がたまらなくいやで、ひどい自己嫌悪に陥ってた。そんなときだったの、街で男から声をかけられたのは。それからあとのことは、夢でも見てるみたいだった……ううん、一つだけわかってたことがあるわ。いままでの自分を壊してしまって、いやらしくなろうって思ってたってこと」

伊部が蜜壺に抜き挿ししている指に合わせ、息を乱して腰を蠢動させながらそこまでいうと、美弥子は軀を反転させて伊部に抱きついてきた。

「ああッ、わたしを狂わせて壊してッ」

昂った声でいうと、伊部の股間に顔を埋めてきて、勃起しているペニスを舐めまわす。

一瞬呆気に取られた伊部は、ペニスにからみついてくる舌にゾクゾクする快感をかきたてられながら、目の前の人妻の裸身に眼を奪われた。

美弥子は伊部の股間に顔を埋めてヒップを持ち上げている。そのためウエストのくびれから尻のまるみが強調された格好になって、いやでも欲情をかきたてられる煽情的な眺めを呈しているのだ。

その熟女のエキスが詰まっているようなヒップが微妙に蠢いている。美弥子は怒張をくわえてしごいていた。口腔で感じているペニスを膣でも感じてひとりでにヒップが動いているらしい。

そのようすに熟女の性欲の貪欲さを見る思いがして、若い伊部は圧倒された。貪欲さといってもいやな意味ではない。気持ちがいいほど性欲をむき出しにしてとことんセックスを愉しもうとしているという意味で。伊部は思った。これだから、やっぱ熟女はいい、最高だ！

視線の悦楽

1

鏡を見たとたんドキッとした。

隣家の窓のカーテンの間から顔が覗いていた。それが鏡に映っていた。

(見られてる!)

あわてて隠れようとした。が、下着姿に視線を感じた瞬間、ゾクゾク~ッと軀がふるえて、動けなかった。それも快感のふるえだった。

ブラとショーツを着けただけの格好だった。外出から帰宅して、秋のさわやかな風を入れて換気しようと寝室の窓とカーテンを半分開けたまま、そのときは隣家の窓のカーテンがわずかに開いているのに気づかず、普段着に着替えようとしていたところだった。

澪《みお》は当惑した。快感のふるえにつづいて、突然思いがけない衝動に駆られたからだ。挑戦的な衝動だった。それを抑えることができなかった。

(いいわ、見たいなら見せてあげるわ)

胸のなかでいい放った。

覗いているのは誰か、わかっていた。隣家の息子にまちがいなかった。これまで隣家の二階のその部屋に彼がいるのを何度か見かけたことがあって、そのようすでそこが彼の部屋らしいとわかっていたからだ。

名前は智也《ともや》。十八歳の予備校生。家族は会社経営者の父親に歯科医の母親、それに一人息子の彼の三人。その母親と澪は女同士、親しく話すこともあって、隣家のことはそれなりに知っていた。

ウィークデーの昼間家にいるのは、通いの家政婦か彼だけで、カーテンの間から覗いている顔は半分ほどで表情まではよくわからないが、家政婦のものではないことだけは確かだった。

挑戦的な気持ちになって(見せてあげるわ)と思ったところで、澪はまた戸惑った。ふと、下着を取って全裸の後ろ姿を見せたら、あの子どんな顔をするかしらと考えたからだ。

ただ、さすがにそれはできなかった。それにいざとなると、彼のほうを向いて下着姿の前を見せることにもためらいが生じた。

それで、下着をつけた後ろ姿を彼に見せたまま、そばのベッドの上に脱いでいる外出着を片づけることにした。

前屈みになり、わざと彼のほうにヒップを向けて、ブラウスを畳む……。

二十五歳までレースクィーンをしていただけに、澪自身、三十歳になったいまも顔とプロポーションには自信があった。

現在のプロポーションは、身長162、B83、W60、H88。レースクィーン時代に比べてウエストが一センチ、ヒップが三センチほど大きくなったが、数字的には満足していた。

そのヒップにしてもきれいな形を保っていて、むしろぐっと色っぽくなった感じだ。

澪は思った。

(このピンク色のショーツに包まれたヒップを、あの子どう思って見ているかしら。わたしと同じようにドキドキして、それに興奮しちゃって、十八歳だし、もうアレがビンビンになっちゃって、ヒクヒクしているかも……）

彼の視線でヒップを撫でまわされているような感覚に襲われながらそれを想うと、すでに濡れてきている膣がうずいてヒクつき、思わず両腿を締めつけた。

そこで普段着を着はじめた。このまま覗き見を許していたら、もっと大胆なことをしてしまいそうな気がしてきたからだった。

タイトなワンピースを着てゆっくり窓のほうを向くと、隣家のカーテンの隙間から覗いていた顔があわてて引っ込むのが見えた。

窓辺にいってカーテンを閉めた。呼吸が乱れるほど胸が高鳴っていた。なにより軀が火照って、秘めやかな部分がたまらなくうずいていた。

ベッドに仰向けに寝て、ワンピースを腰の上まで引き上げた。膝を立て、脚を開いた。

ショーツの中に手を差し入れ、ヘアの下の秘唇の間に指を這わせた。

ビチョッとするほど濡れていた。

窓のほうを向いた状態だから、カーテンを閉めていなければ、智也に向かって恥ずかしい姿を見せている格好だった。

それを想うと、また軀が熱くなった。

（あの頃と同じ……）

ショーツを下ろして片方の脚を抜きながら、澪は自嘲した。

レースクィーンをしていたときは、男たちからいやらしい眼で見られたりエッチな写真を撮られたりするのは珍しいことではなかった。最初のうちはいやでたまらなかった。だが慣れるにつれて、

（そんなに見たいなら見せてあげるわ）

（撮りたいなら撮らせてあげるわ）

と開き直るようになった。

ところがそのうち澪自身が変わってきた。いやらしく見られたりエッチな写真を撮られたりすると恥ずかしい部分がうずき、濡れるようになってしまったのだ。

もちろん仕事中は何事もない顔をしていたが、そのことは誰にもいえない秘密だった。

レースクィーンをやめてからはそんな見方や写真の撮り方をされることがなくなったのでそういうことはなく、だから秘密の快感のことは忘れていた。

さきほど挑戦的な気持ちになって当惑したのは、久しく忘れていた快感に襲わ

れてそんな気持ちになったからだった。

(それにしても——)

クリトリスを指先にとらえてまるくこねながら、澪は思った。

(あの子に見られてあんな気持ちになるなんて……)

智也は気弱そうな顔立ちをしている。身長は百八十ちかくありそうだが体型はスリム。澪と顔を合わせるといつも気恥ずかしそうにしながらも挨拶はするところを見ると、ネクラでもなく性格も悪くなさそうだった。

そういうことがわかっていたから、澪自身大胆になれたところはあった。だが相手が隣家の十八歳の少年ということを考えると、さすがに困惑した。

膨れあがってきたクリトリスからひろがる、泣きたくなるような快感に身を任せながら澪は、気恥ずかしそうに挨拶する智也の顔を思い浮かべた。

(あの子、前からわたしに興味があったのかも——)

そう思った瞬間、覗き見の視線を感じたときと同じような快感が膣から子宮を走り抜けてオルガスムスに達し、腰が律動した。

その夜、夫の洋右《ようすけ》が帰宅した気配を、澪はベッドの中で感じた。時刻は零時をまわっていた。

ＩＴ関連の会社を経営している夫は、今夜のように帰宅が真夜中になることもめずらしくない。そういうときは起きて待っていなくていいと夫からいわれていて、澪もそうしている。

しばらくして夫が寝室に入ってきた。キングサイズのダブルベッドの夫が寝る側のナイトテーブル上のスタンドの明かりが点いていて、室内はほどほど明るい。

澪が薄眼を開けて見ていると、夫はいつものようにシャワーを浴びてきたらしく、パジャマに着替えていた。

澪は眼をつむった。夫がスタンドの明かりを消したのがわかった。ベッドに入ってくると、これまたいつものように澪の額にそっとキスした。

澪は甘い鼻声を洩らして夫の首に両腕をまわした。

「お帰りなさい」

「なんだ、起きてたのか」

「あなたを待ってたの」

いって澪から唇を重ね、ねっとりと舌をからめていきながら、夫の股間に下腹部をすりつける。

戸惑った感じで夫も舌をからめ返してきたが、すぐに澪を押しやった。

「どうしたんだ？」

夫が驚いたようすで訊く。いままで澪のほうからこんなに積極的に求めたことはなかったので無理もない。夫の胸に顔を埋めて澪はいった。

「あなたがほしいの。だめ？」

「いや、だめじゃないけど……でもごめん、ちょっと飲みすぎちゃって、もう眠いんだ」

夫が困惑したようすでいった。確かに飲みすぎているようだった。息からアルコールの臭いがしていた。

「いいわ。じゃあ眠って」

澪はそういって夫から離れた。

「ごめんな」

夫が澪の手を握り、申し訳なさそうに謝った。

「いいの」

澪は夫の手を握り返し、無理して優しくいった。

もちろん、いいわけはなかった。昼間の異常な興奮がオナニーでは収まらず、夫とのセックスを期待して待っていたのだ。その間に気持ちは昂り、軀は熱くうずいていた。それを解消する術を失ってしまったのだ。

遣り場のない気持ちと軀のうずきを抱えて途方に暮れていると、夫が早くも寝息をたてはじめた。

澪は夫に背を向けた。パジャマ越しに両手で乳房をわしづかみ、両腿を強く締めつけた。甘美な快感がわき上がって軀がふるえた。

いったん高まった欲望がこんなことで収まるはずもない。かといって夫が眠っている横でオナニーする気にはなれない。

悶々としているうちに、昼間覗き見されたときのことを考えていた。

あのとき、覗き見されてあんなに感じてしまったのは、レースクィーン時代の経験だけでなく、欲求不満のせいもあったのかもしれない。

このところ夫とのセックスの頻度は以前に比べて確実に減っている。一週間に一回あればいいほうで、ないことも珍しくない。

夫は三十六歳。澪とは再婚で、結婚して四年になる。サーキットでレースクィーンの澪を見て一目惚れし、猛烈にアタックしてハートを射止めたのだった。

そういうことを考えると、セックスの頻度があまりにも少なすぎるのでは……。

ここにきて澪はそう思い、不満を感じていた。

ただ、そのことを除けば夫に不満はなかった。女がいるようすもなかったし、澪に対する優しさも変わらなかった。

そもそも澪にとっても夫との結婚は申し分のないものだった。周囲からは〝玉の輿〟といわれたが、レースクィーンから億万長者の妻に収まり、都心の高級住宅地の豪邸に住むセレブ夫人になったのだから無理もない。

夫は熟睡している。疲れているのか、ときおり鼾《いびき》をかいている。

(もともとセックスはあまり強くないヒトなのかもしれない)

そう思った澪は、夫に向かって恨めしさを込めて胸の中でつぶやいた。

(でも少しはわたしのことも考えて。じゃないとわたし、あの子にもっと覗き見させちゃうわよ)

2

隣家の息子に覗き見されて二日後の午後だった。

澪はあのときの刺戟が欲しくて我慢できなくなってしまった。

昨日もその刺戟を求める衝動にかられたが我慢したのだ。そのときふと思った。

(わたし、退屈してるのかも……。こんなことになるのは、欲求不満のせいだけじゃなくて、そのせいもあるのかもしれない)

退屈ということを意識したのは、そのときが初めてだった。

結婚後もできればモデルのような仕事をしたいと思っていた。ところが夫からは家にいることを求められた。前妻が家庭よりも仕事を優先するタイプで、それに対する不満が離婚の原因だったらしい。

澪は夫の求めを優先して家庭に入った。夫は最初から澪を専業主婦にするつもりはなく、家政婦を雇うといった。だが澪は断った。家事はきらいではなかったし、子育てに時間が必要になったときはともかく、夫と二人だけの生活に第三者の存在はむしろ邪魔だと思ったからだった。

それから四年……昨日ふと気づくまで、生活に退屈しているという意識はなかった。

(だけど、こういう刺戟が欲しくなるまで、自分でもそう思わなかっただけかもしれない……)

そう思いながら寝室の窓辺にいった。昨日我慢したぶんよけいに胸が高鳴っていた。

昨日澪は一昨日とほぼ同じ時刻、寝室のカーテンの真ん中を八十センチほど開け、カーテンの反対側の端をほんのわずかめくって、彼が覗いていた部屋を、こっそり見た。昨日の覗き見で味をしめてまた覗くかもしれないと思ったからだった。

智也の部屋のカーテンは、わずかに——二十センチほど——開いていた。

すると、澪の家の寝室のカーテンが開くのを待っていたかのように、二十センチほどの隙間に彼らしい顔が覗き見えた。

やっぱり！——胸が高鳴るのと同時に、見せたい、見られたいという衝動にかられた。だがなんとか自制したのだった。

今日も昨日と同じようにカーテンを開けて、その反対の端をわずかにめくって智也の部屋を窺った。彼の部屋のカーテンは閉まっていた。

早くも澪は興奮していた。ただ、懸念していることもあった。

智也にとって、昨日は期待外れに終わっている。それで今日は覗きをあきらめているかもしれない。予備校にいっている可能性もある。

それでも懸念よりも興奮のほうが勝っていた。

そのとき、そんな澪の期待が通じたかのように、隣家のカーテンがわずかに開いて、彼らしき顔が覗いた。

澪は窓のそばを離れ、ベッドに近づいていった。もう彼の眼に入っているはず――そう思うと視線を感じてドキドキした。

そのままクロゼットに入り、適当に洋服を手にして出てきた。外出のための着替えを装うつもりだった。

見せる側と覗く側――双方が開けっぴろげにそれをしたのでは、あまり刺戟的ではない。この場合、澪としては覗き見している相手に故意に見せているというのではなく、偶然に見えたという状況が好ましい。そのほうが相手はもちろん澪自身も刺戟的で興奮する。だから気づいていないふりをしたり、そのためになにか装ったりする必要があるのだった。

洋服をベッドの上に置き、そばの壁に張ってある全身を映す鏡に向かって立つと、澪は鏡を通して隣家の窓を見た。

カーテンの隙間から覗いている顔がさきほどよりもわずかだった。覗けるとわかって慎重になり、警戒しているからかもしれない。

智也の視線を感じて軀が熱くなるのをおぼえながら、澪はニットのセーターを脱いだ。いったん持ち上がったセミロングの髪がふわりと肩に落ちて、ローズレッドのブラを着けただけの上半身があらわになった。

ついで白いパンツを、殊更見られていることと見せつけることを意識して、ヒップを心持ち突き出して微妙にくねらせながら、ゆっくり下ろしていく。

それだけでゾクゾクする快感に襲われて、軀がふるえそうになった。

パンツの下はブラと同じ色のTバックショーツだけだった。デザインも色も刺戟的で煽情的な下着姿になった。

(これを見てあの子、どんな感じになってるかしら)

そう思い、鏡を通して智也のようすを窺うと、興奮のあまり夢中になってか、こんどはこっそり覗くのを忘れたかのようにカーテンから顔が半分ほど出ていた。

ただ、表情まではわからない。

(きっと、むき出しのヒップに眼が釘付けになってるはずだわ。で、もうビンビンになってるアレが、ビクン、ビクンて跳ねてるんじゃないかしら)

それを想像すると、軀が熱くなると同時にさっきから濡れてきている膣がうずいて生々しくうごめき、ジュクッと蜜液があふれて身ぶるいに襲われた。

もっと見せたい、見られたい衝動にかられて、澪はボディチェックをはじめた。

どうやったら不自然でなく見せることができるか、前もって考えたとき、ボディチェックをするふりするのがいいと思ったのだった。

無駄な肉がついていないか、身をくねらせながら両手でウエストラインをなぞる。ついで両手で髪をアップに持ち上げてセクシーなポーズを取り、挑発的にヒップをくねらせる。

そこで軀の向きを変えて鏡に後ろ姿を写す。それを振り向いて見ながら、両手でヒップを思わせぶりに撫でてうごめかせる。

一連の動作やポーズの間に鏡を通して智也のようすを見ていると、カーテンから覗いていた顔半分が徐々に出てきて、もうほぼ全体が現れている。それでも表情はわからないが、覗きがバレないように注意しなければ、という考えはもはやないかのようだ。それだけ興奮して夢中になっているにちがいない。

澪も軀がふるえるほど刺戟され興奮していた。とりわけ軀の前面を智也のほうに向けているいま、刺戟は強烈だった。

身に着けているブラもTバックショーツも、乳房と下腹部を覆う布が小さな三角形の際どいものだ。そこに突き刺さるような視線を感じていると、露出同然の乳房はしこって乳首が勃ってきていたし、内腿がチリチリ熱くうずいて膣がヒクつき、両脚を締めつけてすり合わせずにはいられない。

(ああ、もうだめ……)

とうとう立っていられなくなり、ベッドに腰を下ろした。

3

ナイトテーブルの上のメモ用紙に書いている電話番号を、澪は逡巡しながら見ていた。

その電話番号は智也の家のものだった。メモ用紙の横にあるコードレスフォンを取り上げてその番号をプッシュすれば、覗き見を介した智也との関係を、さらにエスカレートさせることになる。それがわかっていて用意していた電話番号だったが、さすがにいざとなるとかけるのがためらわれた。

澪は鏡を見やった。まだ覗いている智也を見て思った。

下着姿でベッドに腰かけたままでいるのを、一体どうしたのかと怪訝に思っているだろう。いや、これからもっと刺戟的なことがあるのではないかと胸をときめかせているかも……。

とたんに澪の胸もときめいてきた。それも抑えられないほどに。コードレスフォンを取り上げて番号をプッシュした。

数度の呼び出し音のあと、相手方の送受器が持ち上がった。

「はい、緑川《みどりかわ》でございます」

家政婦らしい女の声が出た。澪は鏡を通して智也を見ながらいった。

「あの、わたし、智也くんの友達で、美園《みその》といいますけど、智也くんいらっしゃいますか?」

美園というのは、レースクィーン時代の芸名だった。

「はい、おります。美園さんですね、少々お待ちください」

受話器からメロディが流れてきた。ほどなく、カーテンの間から覗いていた智也の顔が引っ込んだ。おそらく家政婦が一階で電話を受け、二階の彼の部屋に回したのだろう。やがてメロディが止まり、「もしもし」と探るような男の声が返ってきた。

「智也くんね?」

「え? そうだけど、美園って誰?」

当然のことに戸惑っている。

「あなた、わたしのこと、もうよく知ってるはずよ。特に一昨日と今日、それもいま……」

思わせぶりにいうと、澪だとわかったらしい。息を呑むような気配が伝わってきた。

「ね、あなたのケータイの番号を教えて。そっちにかけ直すわ。わたしたちの話、誰にも聞かれたくないでしょ？」

家政婦に電話を盗み聞きされたら困ると思ってそういうと、智也はすぐにケータイの番号を教えた。

それをメモした澪は電話を切り、ケータイにかけ直した。

「はい……」

智也の硬い声が返ってきた。

「いけない子ね、覗き見なんてして」

いきなり澪はいった。

「……すみません。そんなつもりなんてなかったんだけど、たまたま見えちゃって……」

ひどくうろたえた感じで謝る。

想ったとおり、気弱で、人のいい性格のようだ。安堵してベッドに上がりながら、澪はいった。

「でも昨日も覗こうとしてたし、今日も覗いてたでしょ。これって、たまたまとはいわないいんじゃない？　どう？」

「そ、それは、そうだけど……」

「だけどなに？」

「あの……おばさんも、見せてくれてると思って……だから、いいんだと思って……」

「露出狂だと思ったってこと？」

「そんな、そんなこと思いませんよ」

「わたしのこと、おばさんていったけど、おばさんなのに興味あるの？」

「あ、いや、全然おばさんなんかじゃないけど、どういったらいいかわからないから……」

「で、わたしに興味は？」

「え？　あります、もちろん」

「どうして？」

「あ、だって、きれいだから」

智也が恥ずかしそうな口調でいう。

「わたしの名前は澪よ。名前で呼んでいいわ。ね、さっきみたいに覗いてみて」

そういうと澪はベッドのヘッドにもたれた格好で両膝を立て、ゆっくり膝を開きながら智也の部屋の窓を見た。カーテンの間から智也が覗いた。

「見える?」

「はい」

驚きと興奮が入り交じったような声が返ってきた。

澪はいった。

「もっとカーテンを開けて、そこに立って、智也くんもズボンを脱いで見せて」

「そんな! ……」

「わたしのこんな恥ずかしい格好を見ておいて、自分は見せられないっていうの? そんなの男らしくないわよ。それにこれからも覗き見したかったら、いうとおりにしなさい」

「え!? ……これからも見させてもらえるんですか?」

智也が気負って訊く。

「あなたしだいよ」

「……わかりました」

片手にケータイを持って耳に当てたまま、澪のほうを見ながら、一方の手だけでパンツのベルトを緩める。ついでチャックを下ろし、パンツを脱ぐ。

下半身、グレーのブリーフだけになった智也を見て、澪は息を呑んだ。ブリーフの前が露骨に突き出ていた。

きわどいショーツがかろうじて局部を隠している股間を、澪は手で思わせぶりに撫でながら、とぼけて訊いた。

「あら、そのブリーフの前はなに？ どうしてそんなに盛り上がってるの？」

「あ、これ……」

智也があわてて手でブリーフの前を抑えた。

「見せて。見たいわ」

「そんな……」

「じゃあわたしが見せてあげたら見せてくれる？」

「え!? ……ええ」

一瞬考えるような間のあと、そのほうがメリットがあると判断したのだろう、智也は見せるほうを選択した。

澪はショーツのクロッチの部分に指をかけると、ドキドキしながら横にずらした。智也との距離は二十メートルほどだろうか。細部ははっきりしないまでも生々しい秘部の大体の感じは見えるはずだ。露出したそこに突き刺さるような視線を感じてゾクゾクしながら、澪は訊いた。

「どう？　見えてる？」

「うん、見えてる」

興奮のせいか、智也がぶっきらぼうな口調でいった。

「約束よ。智也くんも見せて」

澪がいうと、智也がブリーフを下げていく。

ペニスが露出した瞬間、「アッ」と澪は思わず驚きの喘ぎ声を発した。ブルンと、まるでゴムの棒が弾むようにして跳び出したのだ。さらに、身ぶるいに襲われて、

「すごいッ！」

声がうわずった。

そのいきり勃ったペニスは、スリムな軀に似合わず、怖いほど逞しい。澪は訊

いた。

「智也くん、もう女性の経験はあるの?」

「いや、まだないです」

「ないのに智也くんのペニス、ちゃんと皮がめくれてて、すごく立派なサイズね。もしかしてしょっちゅうオナニーしてるんじゃない?」

「あ、ええまァ……」

褒められたからか、智也は素直に答えた。

「智也くんが正直に答えてくれたから、わたしも本当のことをいうわ。わたし、智也くんに覗き見されたあと、こうしてオナニーしたの。智也くんはどうしたの?」

「ぼくもしました」

濡れてヌルッとしている肉びらの間を指でかるくこすりながら、うわずった声で訊く澪に、そう答える智也の声もうわずり、肉棒がヒクついている。

「智也くん、初体験したい?」

澪は訊いた。

「はい」

かしこまったような声が返ってきた。繰り返しヒクついている肉棒を見つめたまま、澪はいった。

「じゃあうちにいらっしゃい」

澪が考えていたのは、双方で露出して見せ合い、そのときの状況によってはオナニーし合うという展開だった。ところが逞しい肉棒を眼にしているうちにそれが狂ってしまった。それをどうすることもできなかった。

4

澪は勝手口の扉を開けて、隣家との境のレンガ塀を見ていた。そこは表から奥まった場所で、しかも背丈のある庭木の陰のため、外部からも隣家からも眼につかない。家政婦に気づかれないように注意して、そこの塀を乗り越えてくるように、電話で智也にいっておいたのだった。

澪の胸は興奮のあまり激しく高鳴っていた。もちろん罪悪感はあった。だがいまの澪にとってそれは、興奮を煽られる媚薬のようなものでしかなかった。

レンガ塀は二メートル弱の高さがあった。それでも身長百八十センチちかい智也なら難なく越えられるはずだった。

そのときレンガ塀の上に手が覗いた。つづいてヌッと智也の上半身が現れた。彼は身軽に塀を乗り越えて庭に降り立った。

「こっちよ」

澪が小声で呼ぶと、足早にやってきた。

「入って」

促すと、緊張した顔で入ってきた。澪自身、緊張と興奮で顔が強張り、声も硬かった。

きて、と智也を家にあげてゲストルームに連れていく。さすがに寝室に連れ込むのは気が引けてできなかった。

ゲストルームはクロゼットを挟んで寝室の反対側にあった。ホテルのツインルームのような部屋で、智也を伴って中に入ると、レースのカーテン越しに差す秋の陽差しで室内は柔らかみのある明るさに包まれていた。

部屋の真ん中で智也と向き合った澪は、柔らかみのある明るさとは対照的に殺気だったような興奮に襲われていた。智也のほうは澪を見ることもできず、緊張しきった表情で俯いている。

澪はいった。

「智也くんに約束してもらいたいことが二つあるの。一つは、わたしとのことは絶対秘密にすること。もう一つはいままで以上に受験勉強がんばって、来年の入試には必ず合格すること。どう、この二つの約束を守ることができる？」

智也は強くうなずいた。

「じゃあ脱いで」

いって澪が脱ぎはじめると、智也も応じた。

二人ともさきほどと同じ格好だった。澪はニットのセーターにパンツ、智也はポロシャツにパンツ——。

澪が脱ぐのを見ただけで興奮したらしく、ブリーフだけになった智也の股間はもう露骨に盛り上がっている。それを見て胸をときめかせながら澪はブラを取って、Tバックショーツだけになった。

むき出しの乳房に、智也は眼を奪われている。食い入るようなその眼つきに、ゾクッと快感のふるえに襲われて、澪は両腕を智也の首にまわした。

「智也くんのコレ、すごいのね。わたし見てて、軀がふるえたわ」

うわずった声でいいながら、若い智也の軀に密着させた裸身をくねらせ、下腹部を股間の強張りにこすりつける。強張りがますます硬直してくるのを感じて、そこに手を這わせた。

「ああ、もうビンビンになってるみたい。見ていい？」

見上げて訊くと、智也が興奮しきった表情でうなずく。

澪はひざまずいた。グレーのブリーフの前は、さきほどと同じように露骨に突き出している。それが露出したときのようすが脳裏に浮かび、ドキドキしながらブリーフを下げる。それにつれて硬直が下向きに押さえ込まれ、ブリーフから外れると同時にビュンと跳ねて下腹部を叩いた。

肉棒が跳ねた瞬間、澪は子宮を叩かれたようなうずきに襲われて軀がふるえ、喘ぎ声を発してかるく達していた。

目の前でいきり勃っているペニスは、智也のスリムというよりは華奢な軀つきとはあまりにアンバランスで、異様さが目立つぶんよけいに逞しく見える。

「すごい……怖いみたい……」

澪はゾクゾクしてふるえ声でいいながら、指をからめていくと、親指と中指が合わない。その太さもさることながら、長さも優に二十センチはある。ただ、包皮が完全に剝けて亀頭は露出しているが、まだ童貞というだけあってピンク色にちかく、エラの張り具合も控えめで、そこだけは初々しい。

指をからめたときからビクン、ビクンと脈動している肉棒に、そうせずにはいられず澪は頰ずりし、舌を這わせていった。

「そんな、だめ……我慢できなくなっちゃう……」

智也があわてて怯えたようにいって腰を引いた。

「そうね。智也くん初めてだから、無理ないわね。じゃあきて……」

澪は立ち上がって智也の手を取り、ベッドに誘った。ベッドの上に彼を座らせると、その前に仰向けに寝ながらいった。

「わたしね、結婚する前までレースクィーンをしてたのよ」

「え!? そうなんですか。そうか、だからカッコいいんだ」

智也は驚いている。それも興奮ぎみに。

(彼になら、レースクィーン時代の秘密を話してもいい……)

澪はそう思い、これまで誰にも打ち明けたことがない秘密を智也に話した。

「でもレースクィーンをやめてからそういうことは忘れてたんだけど、智也くんに覗き見されてるとわかったとき、ゾクゾクッとしちゃって、思い出してしまったの。だから、智也くんには責任を取ってもらうわよ」

「責任、て？」

智也は戸惑っている。

「しっかり見て、わたしを感じさせること」

澪は両膝を立て、ゆっくり開いていった。智也の眼が澪の股間に吸い寄せられて、その顔から戸惑いが消えて興奮の色が浮かびあがった。

「どう、責任取れそう？」

片方の手で乳房を揉み、一方の手でショーツの上から思わせぶりに股間を撫でながら、その挑発的な行為に澪自身興奮を煽られて訊いた。

「はい」

智也が澪の股間を見つめたままいった。

「見たい？」

澪は中指でショーツ越しにクレバスをなぞりながら訊いた。

智也の興奮した顔がこっくりとうなずく。澪は覗き見させたときと同じようにショーツに指をかけると横にずらし、秘部を露出させた。

「どう？　見えてる？」

秘部に痛いほど智也の視線を感じて膣がヒクつき、開いている両脚と一緒に声がふるえる。

「見えてる」

智也の声はうわずっている。

「もっと見たかったら、脱がせて」

澪は腰をうねらせた。智也が身を乗り出してきて、ショーツに両手をかけるとずり下げていく。

5

仰向けに寝て立て膝の両脚を開いたまま、澪は両手で肉びらを分けていた。いままでこんなにはしたない露出の仕方をしたことはなかった。相手が童貞の智也で、すでに澪の秘密を明かしているからできたことだった。

秘めやかな粘膜に突き刺さってくる智也の視線──その刺戟は強烈な快感だった。膣から子宮を熱くざわめかせて、軀をふるわせる。

「智也くん、わたしのここ、どうなってる？」

訊く声がふるえた。

「すごい濡れてる」

智也がかすれた声でいう。

「それだけ？」

「アソコの入口かな、ヒクヒクして、液みたいなのが流れ出てる」

澪もそれはわかっていた。膣からあふれた愛液が会陰部を流れ落ちていた。

「どうしてだか、わかる？」

「俺に見られてるから？」

「そう、そうよ。いやらしいでしょ？」

じっとしていられず、澪は腰をうねらせた。

「いやらしくなんかないよ。ね、舐めていい？」

いきなり思いがけないことをいわれて、澪は驚いた。

「いいけど、智也くん、経験ないのにどうするかわかるの？」

「ネットで見て、大体だけど……」

澪自身見たことはないが、インターネットにはそのものズバリのワイセツ動画が流れているという話は聞いていた。智也はそういうものを見て、というよりそういうものに熱中してマスターベーションにふけっていて、童貞でもセックスの知識だけは相当あるのかもしれないと思った。

「じゃあ、してみて」

いうと、すぐさま智也が秘部に口をつけてきた。まるでしゃぶりつくすように舐めまわす。

「ああッ、そこッ、そこよッ」

舌がクリトリスに当たると、澪はうわずった声で教えた。

知識があるせいか呑み込みよく、智也がすぐにクリトリスを舌にとらえてこねまわす。これまで高まっていた快感がジェットコースターのようにぐんぐん上昇して、澪はたちまちオルガスムスへと攫《さら》われていった。

その余韻に浸る余裕もなく、快美感に襲われ呻いてのけぞった。ヌルーッと棒状のものが膣に滑り込んできたのだ。智也の指だった。

「ネットだとよくやってるんだけど、澪さんて潮を吹いたことあるの？」

智也が指を抜き挿ししながら訊く。思いがけない行為に動揺した澪は一瞬なんのことかわからなかったが、すぐにわかって、

「ないわ」

と答えた。

「でも吹くかもしれないよ。やってみていい？」

「え？　どうするの？」

指でかきたてられる快感に腰をうねらせながら、戸惑って訊き返すと、

「こう」

というなり智也が指を激しくピストン運動させる。

まるで快感の嵐だった。澪は翻弄されてよがり泣きながら、またしてもオルガスムスに追いやられた。

「だめか。仕方が下手なのかな。でもほら、すごいよ」

放心状態で息を弾ませている澪の前に、智也が手を差し出して、指を開いたり閉じたりして見せる。指は愛液にまみれ、粘って糸を引いている。

「ああッ、もうだめッ。智也くんきてッ」

澪は両手を差し出し腰をうねらせて求めた。泣きたくなるほど膣がうずき、一刻も早く逞しい肉棒で突きたててほしくてたまらなかった。

智也が興奮と緊張が入り交じったような硬い表情でペニスを手に、澪の股間ににじり寄ってきた。

亀頭をクレバスに突きたててくる。知識はあっても経験がないため、うまく膣

口に当てることができない。澪が手を添えて誘導すると、ツルッと入った。

太い肉棒が侵入してきた。息が詰まった。奥まで入ってくると、串刺しにされたような感覚と同時に澪はおこりにかかったように快感のふるえに襲われた。

「あぁッ、智也くんの大きなアレ、奥まで入ってるわよ。あぁいいッ、気持ちよくてふるえちゃう。智也くんはどう、どんな感じ？」

「想像してたよりずっと気持ちいいよ。だって澪さんの中、なんかイキモノみたいに動いてるんだもん」

智也が興奮した顔と口調でいう。

「智也くんも好きなように動いていいのよ」

「動いたらすぐに我慢できなくなっちゃうかもしれないけど、いい？」

「いいわよ。若いから何回もできちゃうでしょ？」

澪が笑いかけて訊くと、智也も笑ってうなずき、腰を律動させはじめた。

逞しい肉棒が突き引きを繰り返す。突かれるたびにしたたかな快感が脳天に突き抜け、引かれるたびに快感を追い求め、そのぶんつぎの突きの快感が強烈になる。

だが智也が自信なげにいったとおり、行為はそう長くはつづかなかった。

「もうだめッ、我慢できないッ、出ちゃうよ」

智也が怯えたようにいった。

「いいわよ、出してッ」

澪がいうと、

「ああ出るッ！」

呻くようにいって智也は射精した。ビュッ、ビュッと繰り返し勢いよく子宮を叩くスペルマに合わせて澪もオルガスムスに昇りつめていった。

澪は智也の上になってゆっくり腰を振っていた。

一度射精してから回復するまで、若い智也に時間は必要なかった。というのも射精したあとも萎えることなく、ほとんど勃ちっぱなしで、ほんのわずか澪の手による刺戟だけで充分だった。

騎乗位での逞しい肉棒の威力は強烈だった。まるで子宮まで突き上げられるような感覚と一緒に亀頭で子宮口をグリグリこねられるのだ。泣かずにはいられない快感に襲われて、ひとりでにいやらしい腰つきになってしまう。

澪は智也の両手を取って乳房に導いた。興奮はしているものの、さっきよりは余裕のある表情で智也が乳房を揉みしだく。その両腕につかまって、澪は腰をグラインドさせた。

そうやってひとしきり騎乗位で快感を貪ると、そのまま半回転して、体位を後背位に変えた。

智也が肉棒を突きたててくる。そのたびにわき上がる快感によがり泣いていると、まだ陽差しが反射しているカーテンが眼に入った。それを見ながら、澪は思った。

(智也とこんなことをつづけてるうちにエスカレートして、夫とセックスしているところを智也に覗き見させたくなっちゃうかも……そうしたら智也は嫉妬してもっと激しいセックスをするはず……それに、もっといろいろな刺戟を愉しむこともできるかも……)

その想像は、澪をますます興奮させた。

熟れた天使

1

ナースの篠原美耶《しのはらみや》がてきぱきとベッドメイキングをしてくれているのを、喜多川昌男《きたがわまさお》はそばの椅子に座って見ていた。

正確にいえば、ただ見ているというのとはちがって、その白衣を着た軀を舐めるように見ていた。

喜多川が心臓病でこの綜合病院に入院して約半月になる。いまは手術後の経過観察の段階だった。

入院以来この篠原美耶が喜多川の係で、喜多川にとって美耶と接しているときが、そして美耶を見ているときが、暗澹とした入院生活の中で唯一の愉しみであり、眼の保養になっていた。

美耶は三十四歳。バツイチで現在は独身。心臓外科の主任看護師で、病棟を担当している。

容貌は美形というのではないが、目元と口元が優しげで色っぽい、いわゆる男好きのするタイプで、その顔立ち以上に色っぽいのが白衣に包まれた軀だ。

女体がもっとも美しく官能的に熟れる年齢のその軀は、プロポーションがいいうえに適度にグラマーな感じで、白衣から匂い立つような色香を漂わせている。

とくにこんもりと盛り上がっている胸の膨らみと、むっちりとしたヒップは、むせ返るような濃厚な色気が滲み出ている女体を想像させて、六十一歳でそれなりに女の経験を積んできた喜多川でも、新鮮な興奮をおぼえるほどだ。

それはたぶんに白衣のせいもある。

喜多川はそう思っていた。

白衣が持っている神聖なイメージと、熟れた女体から滲み出ている濃厚な色気。

その真逆の要素によって、熟女の白衣姿はより刺戟的で煽情的に感じられるのだ、と。

いまも美耶を見てそう感じていると、

「はい、できましたよ、どうぞ」

ベッドメイキングを終えた美耶が喜多川の前にきていった。

「美耶さんはいつもTバックなんだね」

喜多川は笑いかけていった。

「え!? いきなりなんですか」

篠原美耶は驚きと戸惑いが入り交じったような表情でいうと、ふっと笑って、

「でもどうしてわかったんですか?」

と訊いてきた。

この半月ほどの間に喜多川と美耶はこういう際どい会話ができるようになっていた。そう仕向けたのは喜多川で、それを美耶もいやがらなかったからだ。

「わかるさ、白衣に下着の線が出てないもの。まさかノーパンじゃないだろうし」

喜多川は笑い返していった。

すると美耶は、まッ、という顔をして、

「いつもそういうとこ見てたんですか?」

「まァね。ほかにすることもないし、せっかく目の前に色っぽい看護師さんがいるんだから、眼の保養をさせてもらってたんだよ」

「ンもうエッチなんだからァ」

三十四歳のナースが若い女の子のような言い方で呆れると、秘密めいた笑みを浮かべて、

「でもホント、白衣ってそうなんです。線が出やすくて、それに透けやすくて、男性はいいかもしれませんけど、困っちゃうんですよ」

「それでTバック？」

喜多川が訊くと、美耶がこんどは思わせぶりな笑みを浮かべてうなずく。

喜多川は冗談のつもりでいった。

「美耶さんのTバック、見てみたいな」

「え!? いやだわ、わるい冗談はやめてください」

美耶は一笑に付した。

ふと、喜多川は気持ちが変わった。

「本気だよ。いう前は冗談のつもりだったけど、いま本気になった。ぜひ見せてほしい」

「そんなァ……」

「頼む。見せて」

喜多川は両手を合わせて懇願した。

「やだァ、やめてくださいよ」

美耶は困惑した笑いを浮かべた顔の前で手を振った。

本気でいやがってはいない。

喜多川はそう思った。そこで泣き落としにかかった。

「美耶さんはわかってると思うけど、俺はもうそう永くはない。せめてこの世の名残に美耶さんのTバック、拝ませてもらいたいんだ。ね、頼むよ、お願いだ」

「そんな……」

美耶はますます困惑したようすを見せた。

手術をしても心臓の状態が完全によくなるとはいいきれないと医師からいわれて、場合によっては最悪の事態も覚悟しなければいけないかもしれないと喜多川自身思っていた。

当然、喜多川の心臓の状態については美耶もわかっている。

「だめですよ、永くないだとか、この世の名残だとか、そんな変なこと思ったら。

喜多川さんそんなんじゃないですから」

美耶が無理に明るく振る舞おうとしている感じでいった。そしてふっと、なぜか恥ずかしそうなようすを見せてうつむいた。

「だけど、わたしのTバック見て、喜多川さん元気が出るんだったら……」

つぶやくようにいう。

喜多川は驚いた。思いがけない美耶の言葉に一瞬呆気に取られた。

「見せてくれるの!?」

美耶は小さくうなずいた。

「もちろん元気が出るさ。元気百倍だよ。うれしいね～。美耶さんはまさに白衣の天使だよ」

声が弾んだ。喜多川自身、顔が輝いているのがわかった。

「いやだ、茶化さないでください」

美耶が笑って色っぽく睨んだ。そしてうつむくと、白衣の裾のちかくを両手で持った。そのまま、ゆっくり持ち上げていく。

わくわくして見ていた喜多川は、思わず眼を見張って身を乗り出した。

「お～、いいね～。ウーン、ゾクゾクするほどセクシーだよ美耶さん」

「そんな、恥ずかしい……」

白衣を腰の上まで持ち上げたまま、美耶が言葉どおり恥ずかしそうな表情と声でいってその腰をくねらせる。

肌色のパンストの下にクリーム色の、両サイドが紐のようになったハイレグのショーツが透けて見えている。

喜多川が眼を見張ったのは、そのセクシーなショーツもさることながら、まさに熟女ならではの、ドキッとするほど色っぽい下半身だ。とりわけ優美で官能的な腰の線がなんとも悩ましい。

「いやだわ。そんなにじっと見ないでください」

美耶が脚をすり合わせていった。

その上気した顔を見て、ん？　と喜多川は思った。恥ずかしがっているだけじゃない。見られて刺戟を受け、興奮しているのではないか。

「そのまま回って、後ろも見せて」

喜多川はいった。美耶はいわれたとおりにした。

後ろの眺めは前から見るよりも煽情的だ。ショーツは文字どおりT字状の紐だけで、パンストを通してとはいえ、むっちりとしたまろやかな尻朶が露呈している。

それを見て喜多川は新鮮な刺戟と興奮をおぼえた。Tバックショーツをつけた女を見るのは初めてではないが、それが白衣から露出しているからだった。

喜多川の視線を感じてか、ヒップがもじもじ蠢いて、むっちりとした尻の肉がピクピクしている。

「もう、もういいでしょ」

美耶がうわずった声で訊く。

「ずっと見ていたいけど、美耶さんも仕事があるからな。残念だけど仕方ないか」

いうなりすっと、喜多川は手で尻を撫でた。

美耶が小さな悲鳴をあげて身をくねらせた。そして白衣を下ろし向き直った。

「ありがとう。至福のときだったよ」

喜多川が笑いかけて礼をいうと、美耶は睨んだ。が、顔は笑っていた。それに、その眼つきが喜多川をドキッとさせるほど艶かしかった。

仕事中も恥ずかしい部分の奥に熱をおびたような感覚が残っていて、美耶は戸惑っていた。

そればかりか、ときにそこがズキンと甘くうずき、うろたえた。

すべて喜多川のせいだった。

2

この日の朝、美耶は自分が係になっている入院患者、喜多川昌男の病室にいって、いつものように体温や血圧や脈拍を計り、さらにベッドメイキングをした。

思いがけないことになったのは、そのあとのことだった。Tバックショーツの話から喜多川が美耶のTバックを見たいといいだして、断りきれなくなった美耶は白衣を持ち上げて見せたのだ。

その経緯だけをみると、呆れ果てるようなハレンチな行為だが、どうしてそんなことになったか、美耶にはわかっていた。

喜多川昌男は人間的にも男性的にも魅力のある人物だった。品があり、それでいて色気もある。それも下ネタでもさらりといってのけて厭味がない。それに話上手で、女の扱いがうまく、馴れている感じだ。

年齢は六十三歳。心臓病のこともあってか、仕事からはもうリタイアしたということだが、どんな仕事をしていたのか定かではない。いつか美耶が訊くと、

「ヤクザな仕事だよ」と笑って口を濁した。

そんな謎めいたところのある喜多川だが、私生活もそうだ。若いときに一度結婚と離婚を経験して以来独身で、家族はいないということだった。

そのせいか、何事にもとらわれないような自由気儘な雰囲気や印象がある。

(とても魅力的な人で、いろいろな経験をしてきてるみたいだけど、女性の経験も相当なものじゃないかしら)

美耶はそう思っていた。

そしてそんな喜多川と接しているうちに、父親といってもいいほど歳の離れた彼に引かれていたのだった。

ただ、喜多川のとんでもない要求に応じたのは、そのためだけではなかった。

美耶はここ一年あまり、セックスから遠ざかっていた。四年ほど結婚していた夫と離婚したからで、その前の離婚話で揉めている最中の夫の一方的で乱暴な行為を除くと、二年ちかくまともなセックスをしていなかった。

そのため、三十四歳の熟れた軀は欲求不満の塊のような状態になっていた。

それもあって喜多川の要求に応じたのだが、白衣から露出した下半身に喜多川の視線を感じているうちに、美耶はうろたえるような感覚に襲われていた。性感をかきたてられて恥ずかしい部分の奥が熱くなり、それがゾクゾクする快感になって女芯がうずき、軀がふるえて喘ぎそうになっていたのだ。

そして、「もういいでしょ」というのがやっとだった。

あのときの秘奥の熱がいまも残っていて、喜多川の視線を思い出すたびに甘いうずきに襲われるのだ。

（また今日みたいなことを求められるかも……それもこんどはもっと過激なことも……）

そう思うと美耶は軀が熱くなった。

そのとき、ナースステーションの外から笑いかけてきている男の顔が目に入った。

別れた夫の成瀬《なるせ》俊一《しゆんいち》だった。

美耶はとたんに自分の顔色が変わったのがわかった。いきなり冷水を浴びせかけられたようだった。

「ちょっと席を外すけど、すぐにもどるから頼むわね」

そばにいる部下にそう断って急いでナースステーションを出た。

成瀬は金と女にまったくもってだらしない男だった。美耶と結婚するまでは当然そんなマイナス面はかけらも見せなかったが、そしてあとでわかったことだが、一応名のある会社に勤めていた当時からそうだったらしい。

結婚して三年もたたないうちに成瀬は本性を現した。会社を辞め、美耶の稼ぎを当てにしてギャンブルと女に明け暮れるようになったのだ。まさにヒモ、それも質のわるいヒモだった。

そんな男だから離婚にはすんなり応じてくれなかった。なんとか別れることができたとき、美耶は心底安堵したものだった。

ところがここにきて、ストーカーのように美耶につきまとうようになり、病院にまで押しかけてくるようになった。

目的は小遣いを無心するためだった。それも美耶の弱みにツケ込み、脅迫して——。

成瀬は美耶とのセックスの場面を撮ったビデオを何本か持っているのだ。

それは新婚当時撮ったもので、二人の仲が険悪になってきたとき、美耶がそのビデオを返してほしいというと、成瀬はそんなものはもうとっくに処分したといっていた。

だがそれはウソで、というより最初からすべて計算ずくでそんなビデオを撮り、隠し持っていたのだ。

美耶は成瀬を人目につきにくい病院の裏庭に連れていった。

「なんども病院にだけは来ないでっていってるのに、どうしていうことを聞いてくれないのよ」

二人きりになると感情的になった。

「この前の晩マンションにいったら、夜勤だったのか留守だったんだよ」

成瀬はニヤニヤ笑いながらいった。もとより厚顔で懲りない男だった。

「また俺たちのラブラブのビデオ買ってもらおうと思ってさ」

「やめてッ。そんなお金ないわッ」

「だったら、いつもの半額でもいいよ。そのかわり、残りはその色っぽい軀で払ってもらう。一回寝て十万なんてベラボーだけど、ほかならない美耶だから特別だ。どうだ、わるくない条件だろ？」

「やめてッ。聞きたくもないわ、そんな話。帰って！」

美耶は怒りを爆発させた。

「じゃあ二日待ってやる。いままでどおりの金額で買うか、それとも半額は軀で払うか、どっちにするか決めろ。明後日の夜マンションのほうにいくよ。そのときはっきりした答えを出していなかったら、ビデオがどうなるかわかってるな」

成瀬は最後に脅しをかけると、「いいな」と美耶の頰を指でつつき、北叟笑《ほくそえ》んで帰っていった。

美耶は茫然とその場に立ち尽くしていた。

これまでに二回、その都度ビデオ一本二十万円で買わされていた。ビデオが何本あるのか訊いたとき成瀬は「それはこれからのお楽しみだ」といって答えなかった。だから何回買わされるかわからない。第一、すでに買わされたものでもダビングされていたら、本数など関係ない。

それを思うと絶望的な気持ちになっていた。

3

喜多川は美耶が病室にきてくれるのを愉しみに待っていた。

この日美耶は準夜勤で、勤務時間は午後四時半から深夜の零時までだった。夕食前に喜多川の部屋にきて、

「仕事の状態しだいですけど、九時ごろまたきます」

秘密めかした表情でそういったのだ。

そのときのようすを見るかぎり、喜多川の心配は杞憂のようだった。

昨日思いがけず美耶が眼の保養をさせてくれたあと、なにげなく病室の窓から外を見ていると、病院の裏庭に美耶が男と出てきた。

その男がだれか、喜多川はすぐにわかった。何日か前にも美耶と同じ男が一緒のところを見て、美耶にだれか訊くと、別れた夫だといっていたからだ。

さらに男と会っているときも、喜多川が男のことを訊いたときも、美耶のようすが妙に深刻なのでなにかあったのか訊くと、

「お金に困っているらしくて、貸してくれといわれてるんですけど、わたしもそんな余裕なんてなくて……」

そういって苦笑いしていた。

昨日もその話だったのか、二人は言い争っているようだった。そして元夫が帰ったあと、美耶は茫然としているようすだった。

喜多川はそのようすが気になり、金のこと以外にもなにか厄介なことがあるのかと心配していたのだ。

だから今日美耶と会ったら訊いてみようと思っていたのだが、夕食前に会ったときはとくにいつもと変わったようすはなく、そのうえ「九時ごろまたきます」と秘密めかしていわれて、訊きそびれてしまったのだった。

(心配はないのかもしれないが、患者の前では、それと以前一度訊いたことがあるのでとりわけ俺の前では、努めて何事もないかのように振る舞っていたのかもしれない……)

そう思っていると、ノックの音がした。

喜多川は胸がときめいた。こういうことで胸がときめくなど、久しくなかったことで、感動に似た驚きをおぼえていると、ドアが開いて美耶が入ってきた。

「お加減いかがですか?」

白衣の胸にクリップボードを抱え、やさしく笑いかけてきた。

「ちょっと胸が苦しいんだけど……」

喜多川は胸を手で押さえていった。

「え!? 大丈夫ですか」

美耶があわててベッドに横になっている喜多川を覗き込んだ。

「大丈夫だ、原因はわかってるから」

「わかってる？　どういうことですか」

怪訝な表情で訊く。

「美耶さんがきてくれて、胸がドキドキしたからだよ」

「もうッ、ひどォい！　びっくりしたじゃないですか」

「ごめんごめん。でも胸がときめいたのは本当だよ、久々にね。美耶さんのおかげだよ」

喜多川が笑いながらいうと、昨日のことを思い出してか、憤慨していた美耶もつられたように恥ずかしそうに笑った。

「ところで昨日、別れたご主人がきてたね。たまたま見たんだけど、また無心？」

「え、ええまァ……」

美耶は表情を曇らせて口ごもった。

せっかくいい雰囲気になっていたのに、訊かなきゃよかったかな、と後悔しながら喜多川はいった。

「もし困ってることがあるんだったら、遠慮なくいってほしい。俺にできることならなんでもするよ」

美耶が驚いたような表情で喜多川を見た。

「すみません、患者さんによけいなご心配をおかけして。こんなことではわたし、ナース失格です」

頭を下げて謝り、神妙な顔でいう。

「そんなこと気にしなくていいし、失格だなんてとんでもない。俺にとって美耶さんは昨日もいったように、まさに白衣の天使だよ。俺が美耶さんのことを心配するのは、明るい美耶さんでいてもらわなきゃ困るからなんだ。そうでなきゃ、眼の保養なんてさせてもらえないだろ?」

いやァね、というような恥ずかしそうな笑みを浮かべると美耶はうつむき、

「眼の保養、したいですか?」

と訊く。

「もちろんしたいさ。させてくれるのか」

喜多川は弾んだ声でいってベッドから起き上がり、訊き返した。

美耶はうつむいたままうなずくと、

「喜多川さんが、自分でしてください」

意外なことをいった。

喜多川は驚き興奮してベッドから足を下ろした。ベッドに腰かけた格好で、すぐ前に立っている美耶に訊いた。

「俺の好きにしていいってこと？」

またうなずく。

「じゃあそうさせてもらうよ」

喜多川は胸をときめかせながら、白衣の胸元のボタンを外していった。

この病院のナースの白衣は半袖のワンピースで、胸元からウエストのベルトの位置までが前開きになってボタンがついている。

そのボタンをみんな外して白衣の前をはだけると、薄いピンク色のブラカップに包まれた、見るからにボリュームがありそうなバストが現れた。

「美耶さんはグラマーだねェ。恋人はいないといってたけど、それじゃあこのグラマーな熟れた軀がうずいてたまらないんじゃないの」

両方のブラカップに手をかけたまま、そういうなりずり下げた。

「ああッ――！」

美耶の喘ぎ声と一緒に白い膨らみが弾んでこぼれ出た。

「おお、きれいな、美味しそうなオッパイだ」

「そんな……」

恥ずかしそうに顔をそむけている美耶が小声を洩らした。好きにしていいといったものの、さすがに戸惑っているようだ。それでも両手は軀の脇に下ろしたままで、表情も恥ずかしそうでいてどこか昂っている感じだ。

むき出しになって、息遣いに合わせて大きく喘ぐような動きを見せている乳房は、きれいなお碗型をしている。それも大振りなお碗だ。その割に乳首は小振りで、それに子供を産んでいないせいもあってか、三十四歳という歳にしてはみずみずしく色もきれいで、いかにも感じやすそうだ。

それを眼で味わってから、喜多川は両手を白衣の裾に伸ばした。

手にした裾を、ゆっくり持ち上げていく。白衣の下から徐々に現れてくるものを眼で楽しみながら。

白っぽいパンストの下にブラと同じ薄いピンク色のショーツをつけた、このうえなく官能的に熟れた腰部までがあらわになった。

「このまま、白衣を両手で持ってて」

喜多川がいうと、美耶はいわれたとおりにした。

白衣から豊満な乳房とセクシーなショーツをつけた下半身が露出した、熟女看護師のあられもない姿がそこにあった。

「ウーン、いいねェ。なかなか刺戟的な格好だ」

「いや……」

美耶が小声でいって身悶える。

喜多川は美耶のようすに徐々に現れてきていた変化を見逃さなかった。

ここにきて、うつむき加減にそむけている顔にはもうはっきりと興奮の色が浮かんでいて、男好きのする顔立ちがますます色っぽくなっている。

「そのまま後ろを向いて」

美耶はまるで操り人形のように喜多川の言葉に従った。

この日もショーツはTバックだった。

ショーツの色がちがうだけで昨日と同じ煽情的な眺めに挑発されて、むちっとしたヒップに喜多川は手を這わせた。瞬間、アッと息を呑んだような声を発して美耶がヒップをヒクつかせた。

「眼の保養だけでは我慢できなくなったよ美耶さん。こうやって触らせてもらうとますます元気になりそうだ。いいかな？」

喜多川が撫でまわすヒップをくねらせながら、美耶がうなずく。

「でも喜多川さん、あまり興奮しちゃうと、心臓によくないですよ」

うわずった声でいう。

「平気だよ。もしポックリ逝ったとしても、美耶さんとお愉しみの最中ってことなら本望だ」

「やだ、わたしが困ります」

「そうか。美耶さんを困らせちゃまずいな。でも大丈夫だよ。こんな至福のときにポックリなんて逝きやしない。大体俺は往生際がわるいんだ」

喜多川は笑っていって手を美耶の股間に差し入れた。

「あッ、だめッ」

内腿がギュッと手を締めつけた。

「だめ？」

訊くと、ふっと締めつけが解けた。

喜多川の手は、下着越しにふっくらとしたエロティックな膨らみをとらえていた。

ゾクゾクしながら、膨らみに潜んでいる割れ目を指先でまさぐった。

美耶がたまらなさそうに尻をもじつかせる。もじもじさせながら、

「ああん……」

こらえきれなくなったようにせつなげな声を洩らす。

喜多川の指先は確実に割れ目をとらえてそこを掻いていた。

「美耶さんのここ、見たいね。見せてもらっていいかな」

感じやすい肉芽が潜んでいるあたりを指先でこねながら訊くと、

「知りません」

うわずった声でいう。

喜多川は両手をパンストにかけて下ろした。ブルッと弾む感じで艶やかな尻のまるみがむき出しになった。

「ほら、尻を突き出して」

「そんな……」

戸惑ったような声を洩らした美耶だが、ベッドの横のテレビ台兼用のテーブルに手をかけると、喜多川のほうにヒップを突き出した。

「おお、いい眺めだ。Tバックが割れ目に食い込んでるぞ」

「いやッ、見ないでッ」

恥ずかしくてたまらなさそうにいって身をくねらせる。

いやがっている感じではない。恥ずかしがった声もどことなく艶めいていて、躯の動きにしても、もう見ているだけでなく、どうにかしてほしいといわんばかりのもどかしそうな感じだ。

喜多川の前には、美耶にいったとおりの淫猥な眺めが露呈していた。薄いピンク色のTバックの紐が赤褐色の肉びらの間に分け入って、その両側のふっくらと盛り上がった肉にはまばらにヘヤが生えている。

喜多川はTバックの紐を横にずらすと同時に両手で肉びらを分けた。

「ああッ――!」

美耶がふるえ声を洩らした。

ぱっくりと口を開けた肉びらの間のピンク色の粘膜には、ジトッと女蜜が浮いている。

「もともと濡れやすいのか、それとも欲求不満が溜まっていたのか、美耶さん、グッショリだよ」

「いやッ、いわないでッ」

恥ずかしさと興奮が入り交じったような声でいって、見ているだけで喜多川のペニスをうずかさずにはおかない美尻をくねくね振りたてる。

喜多川は美耶の顔と軀の前が見たくなって向き直らせた。

美耶はいままでにない艶かしい表情をしていた。興奮のせいだった。

白衣の裾は下がっていた。喜多川が持ち上げると、美耶は両手で顔を覆った。

逆三角形状に黒々と繁茂した陰毛が喜多川の欲情をくすぐりたてた。

「ベッドに寝てごらん」

そういって促すと、とたんに美耶は激しくかぶりを振った。

「だめです、いけません」

頑なようすに喜多川は呆気に取られ、どうして？と訊くのをやめた。

ベッドに寝るということで、急にナースとしての職業意識のようなものが出てきたのかもしれない。

そう思った。もとより喜多川に無理強いするつもりはなかった。苦笑いして美耶の腕を離した。

4

事件が起きたのは、その翌日のことだった。

美耶の元夫の成瀬俊一が何者かに刺殺されたのだ。

喜多川が事件のことを知ったのは、さらに一日経った今朝のことで、美耶からでもテレビのニュースからでもなかった。ときどき美耶の代わりを務めている若いナースが病室にきたときだった。

彼女がいうには、美耶は事件の重要参考人として警察に呼ばれているらしい。

「主任がそんなことをするなんて絶対ありえないことですから、全然心配はないんですけど、でも主任にしてみたら、すごいショックだと思うんです。そう思ったら、主任が可哀相で、そのほうが心配なんですよね」

若いナースは泣きだしそうな表情と声でいった。

喜多川にしても大きなショックだった。

すぐに人を介して事件についての情報を収集したところ、重苦しい懸念が胸の中にひろがってきた。

成瀬俊一が刺殺されたのが、美耶が住んでいるマンション近くの路上だったこと。

さらに事件直後、現場から女が逃げていくのを見たという目撃者がいること。

そしてなにより、美耶と成瀬の間にはトラブルがあったこと。

これらの情報が合わされば、否応なく美耶は窮地に追い込まれる。

最悪の場合、犯人にされてしまう可能性もある。彼女は人殺しができるような女ではない。

ただ、そう考えながらも喜多川の胸の中には芥子粒ほどの疑念があった。

先日美耶が成瀬と病院の裏庭で会っていた、あのときのようすが頭に焼きついていて、〝まさか〟と思いつつも〝ひょっとして〟という懸念を消し去ることができなかった。

喜多川は切実に思った。

なんとかして彼女を助けることはできないものか……。

翌日、喜多川はこっそり病院を抜け出して警察に出向いた。

心臓の状態はこの先どうなるかわからない。かりに生きたとしてもそう永くはないだろう。自分はもうやるだけのことはやった。思い残すこともない。それなら美耶の役に立ってやろう。そうしてやりたい。

そう考えていた。

そして、自首したのだ。

さっそく警察は喜多川に対する取り調べをはじめた。ところがそのさなか、思いがけない展開が待っていた。なんと、真犯人が自首してきたのだ。

喜多川が病院に帰ったあと、事件について調べてもらった者から得た情報によると、犯人はやはり女で、ヒモ男の成瀬にさんざんひどいめにあって思いあまって殺したらしいということだった。

その夜、美耶が喜多川の病室にやってきた。もう勤務にもどったらしい。白衣を着ていた。

「さっき警察の人から聞いたんですけど、喜多川さん、わたしを助けてくれようとして自首したそうですね」

興奮したようすでいった。

「ああ、暇だからボランティアでね」

喜多川は笑っていった。

「どうしてそんなバカなことをしたんですか!?　それもわたしなんかのために」

美耶は感情的になった。いまにも涙がこぼれそうだ。

「まァ落ち着きなさい。俺が前にいったことを忘れたのか？　美耶さんが困ってるなら、俺にできることならなんでもするっていったはずだよ」

「それは……だけどどうしてなんですか？　どうしてそこまで……」

美耶は混乱しているようだ。

「そうだな、それはきっと、俺にとっては美耶さんが白衣の天使だからだろう」

いうなり美耶がベッドに腰かけている喜多川の前にひざまずき、脚にしがみついてきた。

「喜多川さん！」

そのまま、興奮した表情で喜多川のパジャマのズボンの前を開け、肉茎を取り出すと、舌をからめてきた。

喜多川は呆気に取られ、美耶のするがままに任せて見下ろしていた。するとまるで貪るように肉茎を舐めまわしたり、くわえてしごいたりする。

歳のせいと女遊びが祟って勃ちがわるくなったペニスでも、白衣姿の熟女看護師の熱烈で濃厚なフェラチオにかかると、みるみるいつになく強張ってきた。

そこで喜多川は美耶を立たせた。

「いいんだな」

訊くと、フェラチオをしているうちにますます興奮してきたらしい美耶の顔がこっくりうなずいた。

喜多川は美耶にパンストを脱ぐようにいった。

美耶はいわれたとおりにした。興奮の高まりのせいで男好きのする顔立ちがぐっと色っぽさをましている。

その間に下半身裸になった喜多川は、美耶を肘掛け椅子のそばにつれていった。

喜多川が椅子に腰かけると、向き合った格好で美耶に膝をまたがせた。

白衣が腰の上までずれ上がり、肌色のハイレグショーツをつけただけの下半身があらわになった。しかも股を開いた状態で。

「あまり無理はしないでください」

美耶が心配そうにいった。

「あまり興奮してもいけないか」

喜多川が白衣の胸のボタンを外していきながら、笑いかけて訊くと、美耶も微苦笑してうなずく。

「そんな味気ないセックスするぐらいなら死んだほうがマシだよ」

いうなり喜多川はブラをずり下げた。ブルンと弾んで豊満な乳房がこぼれ出ると同時に美耶が喘いだ。

「まして相手はこんなに色っぽい熟女のナースなんだ。興奮するなというほうが無理だよ」

いいながら乳房を揉みたて、ショーツ越しに股間を撫でまわす。

「ああン……ううン……」

美耶がせつなげな声を洩らして悶える。

喜多川は乳房を揉みながら、ショーツの脇から手を差し入れた。

ビチョッとした粘膜の感触があった。

指先で肉びらの間をまさぐって、鋭敏な肉芽をこねる。

「アアッ、いいッ……アンッ、いいッ……」

喜多川の肩につかまった美耶が悩ましい表情を浮かべて感じ入った声を洩らしながら、たまらなさそうに腰を振る。

そうやってなぶっていると、みるみる乳首が突き出てビンビンになり、肉芽が膨れあがってコリコリしてきた。

美耶は感泣しながらクイクイ腰を振っている。

喜多川は蜜壺に指を挿し入れた。

ヌル～ッと指が滑り込むと美耶が苦悶の表情を浮かべてのけぞり、それだけで達したような呻き声を洩らした。

すぐに美耶の反応が切迫してきた。喜多川は攻めつづけた。

喜多川は中指を抜き挿しすると同時に親指で肉芽をこすった。

「あぁだめッ、イッちゃいそう……」

美耶がふるえ声で怯えたようにいう。欲求不満を抱えている熟れた女体は早々とこらえを失ったようだ。

喜多川は中指を蜜壺の奥に挿し入れた。そのまま、親指でクリトリスをこねると、美耶はひとたまりもなかった。ピクピク膣を痙攣させ、ついでキュッと喜多川の指を締めつけてきたかと思うと、

「イクッ、あぁイクイクッ、イッちゃう～……」

よがり泣きながら絶頂のふるえをわきたてた。

喜多川は怒張を手にした。ショーツを横にずらしておいて、亀頭で濡れた肉びらの間をこすりあげた。

「アンッ……ああン、だめッ……ああッ、入れてッ」

ヌルヌルしたクレバスを亀頭でこすっていると、美耶が焦れったそうに腰をくねらせ、たまりかねたように求める。

「なにを?」

喜多川はなぶりつづけながら訊いた。

「ああッ、喜多川さんのそれ」

美耶が夢中になっていう。

「それってなんだ? いやらしい言葉でいってごらん」

「ううンもう、喜多川さんのチ×ポ、入れてッ」

焦れったそうに腰を揺すって、美耶が露骨な言い方で求める。もうなりふりかまっていられないようすだ。

「どこに入れてほしいんだ?」

なおも喜多川は訊いた。

「いやッ、オ××コッ」

「美耶、いやらしくて最高にきれいだよ」

興奮と欲情が溶け合って貼りついたような美耶の表情を見て、思わず喜多川はそういうと、怒張を蜜壺に突き入れた。

「アウッ……うう～ん……」

感じ入ったような呻き声を洩らしてのけぞった美耶の顔に、苦悶に変わって歓喜の色がひろがるのを見て、喜多川はゆっくり肉棒を抜き挿しした。

「ほら、見てごらん」

「ええ、見える……ああンいいッ、気持ちいいッ」

喜多川と一緒に股間を凝視している美耶が凄艶な表情で快感を訴える。

濡れた肉びらの間に突き入った肉棒が、女蜜にまみれた胴体を見え隠れさせながらピストン運動している。

その淫猥なようすを見て興奮をかきたてられたらしく、美耶のほうから腰を律動させはじめた。

それもただ腰を上下させたり前後させたりするのではなく、できるだけ膣とペニスの摩擦に変化をつけたり強めたりして快感を貪ろうとするかのようにうねらせたりくねらせたりするのだ。

その腰つきがなんともいやらしく、それに色っぽくて、喜多川の眼を愉しませる。それ以上に熟れた蜜壺のえもいわれぬ快美感が、喜多川を酔わせていた。

喜多川が退院して一カ月あまりたったある日のことだった。

仕事中の美耶を、一人の男が訪ねてきた。

男は、喜多川の顧問弁護士をしている津上《つがみ》だと名乗り、喜多川の依頼を受けていたことで美耶に話があってきたといった。

一体なんのことだろうと思いながら、美耶は津上を打ち合わせなどで使う個室に案内した。

「じつは先日喜多川さんが亡くなられまして、わたしが預かっていた遺言書などの中に篠原美耶さんに渡してほしいというものがありまして、それをお持ちしたんです」

美耶はいきなり頭を殴打されたようなショックを受けた。

そのあと、津上のいっていることがほとんどまともに耳に入らなかった。

そして、津上とどんな会話を交わしたかもほとんど憶えていなかった。

ただ一つ憶えているのは、喜多川の死亡の原因が心臓病ではなく、脳梗塞だということだった。

津上が帰ったあとも美耶はしばらく茫然としていた。それからやっと我に返って、津上から渡された封書を開けてみた。

封書の中には、美那名義の銀行通帳と印鑑が入っていた。

通帳を開いてみて、美耶は驚愕した。つぎにひどくうろたえた。

それというのも、通帳に打ち出されている金額の数字が最初は三百万と思って驚いたのだが、よく見ると一桁ちがっていて、あろうことか三千万だったからだ。

(なんで!? どうして喜多川さんがわたしにこんなことを!? なぜこんな大金を!?)

頭の中はパニック状態だった。

そのときふと、喜多川が美耶のことを「白衣の天使」だといっていたことを思い出した。

それにしても……。

そう思ったとき、津上に肝心なことを訊くのを忘れていたことに気づいた。喜多川のことだ。

美耶は喜多川が社会的にどういう人物なのか、まったく知らないのだった。

◎初出一覧

想定外の人妻――「特選小説」二〇〇六年十一月号
童貞の誘惑――「特選小説」二〇〇八年七月号
罪な欲情――「特選小説」二〇一〇年一月号
淑女の裏顔――「特選小説」二〇一九年六月号
熟女願望――「特選小説」二〇〇七年七月号
視線の悦楽――「特選小説」二〇〇九年十一月号
熟れた天使――「特選小説」二〇一二年一月号

＊いずれも大幅な加筆修正をおこないました。

二見文庫

人妻《ひとづま》　背徳《はいとく》のシャワー

著者　雨宮《あまみや》　慶《けい》

発行所　株式会社 二見書房
東京都千代田区神田三崎町2-18-11
電話　03(3515)2311［営業］
　　　03(3515)2313［編集］
振替　00170-4-2639

印刷　株式会社 堀内印刷所
製本　株式会社 村上製本所

ISBN978-4-576-20014-9
https://www.futami.co.jp/

二見文庫の既刊本

夢か現か人妻か

HAZUKI,Sota
葉月奏太

俊樹は、女性を助け、お礼に口でサービスしてもらう夢を見る。一週間後、夢と同じことが起きるが現実はセックスまでいけた。近所に住む憧れの人妻の夢を見ると夢以上の展開に。不思議な現象を解明しようとする彼だが、その人妻がＤＶ夫に命を狙われ、助けようとした自分が殺される夢を見てしまい……。今一番新しい形の官能エンタメ書下し！